今日はダメでも明日なら

フリーター生活から
脱出したい君へ

柴田拓也
公認会計士（元フリーター）

アーク出版

その2 今日の〝成長と敗北〟

その3 明日への〝渾身〟

エピローグ

装丁 ――――― 野津明子(böna)
カバー写真 ―― ©NORIYOSHI KONNO/
a.collection/amanaimages
本文 DTP ――― 月・姫

プロローグ

「伊巻君、売上のカットオフテスト終わった？」

「あ、これからです」

「そこ、前期のレビューで手続内容が充分じゃないって指摘されてるから気をつけて」

２００６年5月、公認会計士の知也は期末決算監査のため数名のスタッフと共に、ある上場企業の会議室で作業を続けていた。

それまでの作業で検出された会計上の問題点について会議室の隅で経理課長と打ち合わせをしていたが、その終わり間際、

「今回の件とは別にもう一つお願いがあるのですが」

おいおいこのタイミングでとんでもないこと言いだすんじゃないだろう

な。知也は思わず身構えた。

「え？　何でしょう？」

「営業企画部長の国安が、先生にどうしても相談したいことがあるって言うんですよ」

「営業企画が私に相談ですか？　何か会計上問題になりそうな取引でも発生したんですかね？」

「あ、いや、そういうことじゃなくて、どうも個人的なことみたいなんですけど……」

個人的なこと？

国安って、色が黒くて声がでかくて、資料とかお願いすると超イヤな顔する感じわる～いオヤジだよな。そんなのが俺に何の相談だ？

ん～、ちょっとメンドクサイけど、それで少しでも監査対応がよくなるなら個人的な相談にのるくらい問題ないか。

「へ～、何でしょうね。まあ私でよければ」

夜9時、一日の作業が終わり、電気の消えたエントランスに行くと、暗い中に黒い国安さんが立っていた。立ち話もあれなのでと近くの静かなバーに移動した。

「こんな時間にすいません」

昼間の感じとずいぶん違うな。

「お気になさらないでください。ところで、私に何か相談があると聞いたのですが」

「そうなんですよ。あのですね、お恥ずかしい話なんですが、もうすぐ30になる息子が働かないいんですわ」

「はあ?」

「時々アルバイトはしてるみたいなんですがね、普段は部屋にこもったきり。一体何をやってるんだか」

国安さんの息子がニートだなんて、何か意外だな。これまでこの人にあんまりいい印象なかったけど親近感が湧いてきたぞ。

「そうなんですか。部屋でマンガでも書いてるんですかね」

「それならまだいいんですが、せいぜいゲームしてるくらいで、何もやっとらんと思いますわ」

「いつからそうなったんですか？」

「もともとは頑張る子だったんですけど、大学受験に失敗して、家内がぎゃんぎゃん責めて、それからかなあ」

「自信を失ってしまったんでしょうね」

「で、あいつはもうダメだと諦めとったんですわ。そしたら先生も30くらいまでフリーターだったって経理課長から聞いて、これはお話を聞かないかんと思いまして」

そうだ。国安さんの話を他人事みたいに聞いていたけど、俺も30くらいまでフリーターだったな。

「そういうことでしたか。いいですよ。ちょっと長くなりますがお話ししましょう」

知也は8年前の記憶を手繰り寄せた。

その1 昨日の〝決意〟

フリーターでもいいと思っていた

1998年春、仕事を辞めた知也は実家で暇を持て余していた。

「はぁぁぁぁ、だりぃ。あれ？　今日何曜だっけ？　ま、いっか」

静かだ。

家には誰もいない。冷蔵庫のモーター音だけがリビングに響き渡っている。なんとなくテレビをつけると小堺一機が笑ってる。ソファーに横たわり、冷蔵庫の上に置いてあった甘いパンをくわえながらそれをぼんやりと眺める。だんだん瞼が重くなってきた。そのまま寝てしまいそうだ。

ボッボッボッボッボッボボボボボ……。

ウトウトしかけたところで聞き覚えのあるスクーターのエンジン音が響いてきた。母ちゃんが買い物から帰ってきたようだ。見つかると面倒なので2階に避難しようと体を起こしたとき裏口が開いた。

しまった、逃げ遅れた。

「ちょっと知也、そんなところでダラダラしてるヒマがあるなら部屋を片付けなさい」

「わかったわかった、そのうちやるって」

起き上がって自分の部屋に戻ろうとする知也に母ちゃんが手招きしている。

「これで探して働きにいきなさい。そんなしてたら時間もったいないでしょ」

バイト情報誌を知也に手渡すと母ちゃんは再びどこかに出かけていった。

たしかに時間は腐るほど有り余っている。あまりにやることがないので、エンディングを迎えたドラゴンクエストを2回目は登場人物全員に話しかけながら丹念に進めてみたりする。

もうすぐ30歳にもなろうかという男が働きもせず、誰もいない平日の昼下がりのキッチンで料理本見ながら粉をまぜ、クッキーを焼いてみたりもする。

世間とはかけ離れた生活、世の中に興味がないので新聞やニュースはほとんど見ない。外で何が起こっていようが関係ない。自分の周りが日々平和に過ぎればそれでいい。

そんなまったりとした時の流れがよどみなく、そしていつまでも続くことを望んでいたはずだった。

しかしそれが、想像以上に退屈なものであるとわかるのに、それほど時間はかからなかった。

「うわ〜ヒマだ、ヒマだ、ヒマだ〜」

最後の仕事を辞めたとき、もう当分、働くのはやめようと心に決めた知也だったが、1か月も経たないうちに、もはや苦痛とも呼べるほどの退屈さに苛《さいな》まれ、そんな決意はどこかに消え失せてしまった。

有り余る時間がこれほど苦痛だとは……。いくら働くのが面倒だといってもこのままこうしていたら気が狂ってしまいそうだ。

カーテンを開け、隣のマンションに向かって思いっきり叫んだ。

「うゎ〜ヒマだ、ヒマだ、ヒマだ〜」

ヤバい、俺相当キテる……。やっぱ金がないとダメだな〜。何もできねえ。しゃーねえ、ヒマつぶしにバイトでもしてみるか。

リビングに戻り、窓の外で背中を向けたまま首だけ捻ってこっちを見ているハスキー犬パッシュの視線を感じながら、自分のペースでやれる楽《らく》そうな仕事はないかと母ちゃんが買ってきてくれたバイト情報誌をパラパラめくる。

最後のページまで到達し、また半分くらいまで戻ってきたあたり、大したバイトはないなと情報誌を閉じようとしたところでふと手が止まる。

なんとなく目に入った臨床検査会社の集配ドライバー募集が気になった。

募集内容を読んでみる。主に自前で検査機器を持たない開業医を回って検査対象の血液などを集めてくる仕事らしい。そして、取扱注意品を運ぶため集配スケジュールに余裕があると書いてある。

おぉぉぉぉぉ！　これは楽そうだ。しかも、あちこちの病院を回るということは、いろんな看護士さんと仲良くなれる予感！　おおむね下心で即座に電話して面接を申し込み、地下鉄で最寄駅に向かった。

掘建小屋を予想していたが、行ってみると意外に立派な建物。

ビビった知也は面接でしどろもどろになった。

「う、運転には自信がありますし、びょ、病院の匂いも好きでして……」

やべぇ俺、何言っちゃってんだろ、これ落ちたな〜。

知也は汗ばんだ手をズボンにこすりつけた。そして、しばらく沈黙の時間が流れた。

メモを見ていた面接官が顔を上げると同時に、

「じゃ、来週から来てよ」

あっけなく採用を言い渡された。記念すべきフリーター生活のスタートだ。

あれ？　後ほど連絡しますとかじゃないんだ。

「お前、大学まで行ったのにちゃんと就職しなかったのかよ」

運良く人手が足りなかったため、見た目が普通そうな知也はとりあえず採用されたらしい。

昼間と夜間の交代制だったので、早起きが苦手な知也は迷わず夜間にした。夜間といっても夕方から5時間程度だ。朝はゆっくりできるし、夜はちゃんと寝られる。夕方くらいに出社して適当にドライブするだけの仕事なら気楽なものだ。

夜間の集配ドライバーはおっさんばかりだった。昼間は本職に従事し、さらに収入を得るため夜のバイトに来ている。1日3時間働いただけでもくたくたになる知也には想像もつかない生活である。

知也の教育係となった「ごっつぁん」こと五島さんもそうだった。明け方から昼過ぎまで卵を配送した後、わずかな時間仮眠しただけで夜のバイト。くたくたになって家に帰り、3～4時間寝て、また卵の配送。

家族を養うために必死で働くごっつぁんからみれば、知也のような、ふぬけた奴は許せなかったのだろう。会話の端々に嫌味がちりばめられていた。

「お前、大学まで行ったのに、ちゃんと就職しなかったのかよ」

「いや～わざわざフリーターになろうとしたんじゃないっすよ。一応就職考えましたよ」

その場の空気が悪くなりそうだったのでとりあえずそう言ったが、実は学生の時からフリーターでもいいかと思っていた。毎朝ちゃんと起きて会社行くのが面倒だったからだ。

ある程度時間に融通が利くバイトで適当に働けばいいかと考えていた。最終的には親からのプレッシャーにより一応就職したのだが……。

就職したものの毎日がアウェーな日々

フリーターになる数年前の1994年夏、大学生の知也は就職活動で完全に出遅れ、焦っていた。周りの友人たちは次々と内定が決まっていく。

八王子の一人暮らし5畳ワンルーム、ざわざわとした気持ちでベッドの上に横たわり汗疹のできたお尻をかいていると電話が鳴った。

「あんた就職はどうなったの？」

母ちゃんからだった。

「あ、いや、まだ」

「え、まだなの？　大丈夫なの、それで。加藤さんのところの友くんも内定出たって言ってるよ」

「友くんて誰だよ。知らねえよそんな奴。だ、大丈夫だよ。だからほら、今いろいろ自分探ししてるんだよ。これからの人生決めちゃうんだから適当じゃまずいでしょ。ちゃんと自分に合うところにしないと」

と言いつつ、実はこれといって何もしていなかった。

知也の母校である帝京大学には同じ敷地内に短大がある。短大生は夏になるととても薄着になる。体育館下のカフェは薄着の短大生でいっぱいになる。そうなると、しょっちゅうカフェに入り浸り、彼女らをボッけーーーっと眺めることになる。そしてキャパの小さい知也の頭は妄想でいっぱいになる。その結果、就職活動のことなどきれいさっぱり忘れてしまった。

ふと気づいたときには一般企業への就職活動の時期を完全に逸していた。一般優良企業への就職はもう無理だったが、働かないわけにもいかない。母ちゃんからは、どうなっているのとひっきりなしに電話がかかってくる。親に大学の学費を出してもらった手前、卒業するやいなやいきなりフリーターではマズかろう。へたすりゃ勘当モノである。もうしばらく親のスネはかじりたいので、まだ勘当されるわけにはいかない。

とりあえず何でもいいから形だけでも定職に就いておこうと、仕方なく出遅れた知也でも応募できそうな会社を探してみた。が、やはりぱっとしない。

そんな会社の面接で志望動機を聞かれたり、自己アピールしろなんて言われたところで何をどう答えりゃいいのだ。仕方なく御社にしましたなんて言っていいのか。アピールすることがないから御社みたいなクソ会社の面接を受けているんですなんて言っちゃっていいのか。

万が一、そのクソ会社に就職できたとしても、そんな働きたくもないような職場でたくさんの時間を使うなんて想像しただけで憂鬱になった。

マジで働きたくね～、空から金降ってこねえかな。ツーリング行きてー……。あぁぁ、めんどくさ、めんどくさ、考えるのもめんどくさいから奥多摩あたりにちょい走りにいくかな。仕事なんかせずにずっとバイクに乗っていられれば……ん？　バイク？　バイクが好きなら、それを仕事にすればいいじゃない！　我ながらナイスアイデア！

やりたくないことをやるくらいなら、大卒＝一般企業に就職というありきたりな図式にこだわることなく好きなことをやったほうがいい。バイク屋に就職すれば好きなバイクをタダでいじれるはずだ。

そう考えた知也は、以前から気になっていたバイク屋に見習整備工として雇ってくれるように頼んでみることにした。元ヨシムラのレースメカニックだった小倉氏が経営しているクレバーハンズという店である。

小倉氏はおもいっきり職人なので、仕事にはきっと超厳しい。知也は超テキトー。

普通に考えればそんなところで働くのはやめておいたほうがいいに決まっているが、そこでなければならない知也なりの理由があった。それはバイク仲間に自慢したかったということだ。当時たびたび専門誌にも登場していた小倉氏のところで働いているといえば、ちょっとカッコいい。

従業員の募集はしていなかったので断られるかと思ったが、話のタネくらいにはなるだろうと思ってとりあえず訪問し、お願いしてみた。そうしたら、どういうわけか小倉氏はあっさり雇ってくれた。見込みがあるかどうかは実際使ってみないとわからないということなのかもしれない。

チョロいな〜とすぐに知也は調子に乗った。そのまま簡単に一流整備士になれるものとすら思った。

しかし、そんなわけはない。やはり世の中そんなに甘くはない。

いざ働きだしてみると、当たり前のことながらテキトー人間の知也は職人気質の小倉氏に受け入れられることなく、超安月給のうえ、毎日のように怒られる日々が続くことになった。

怒られる理由が仕事に対する姿勢の根本的な違いにあるということに気づくこともなく、慣れれば怒られなくなるだろう程度に考え、だましだましどうにか毎日出勤していた。

だがそれも7か月ほどで限界に達した。

怒られる根本的な原因を理解することができなければ、いつまでたっても問題は解決しない。変化の兆しのみえないアウェーな日々に、もうどうにもこうにも我慢できなくなってしまったのだ。

帰り道の途中にあるシマシマ舗装で揺れるスクーターのリズムに合わせて、

「やっとれん、やっとれん、やっとれん」

とつぶやくのが癖になっていた。

結局、クレバーハンズは逃げるように辞めてしまった。

東京での生活を諦め、実家に戻った知也は、しばらくの間、何もせずのんびりと生活して疲れ果てた心と体を癒した。

2週間もすると、もろもろ充電した気分になり、お金もなくなってきたので、そろそろ働こうという気持ちになった。そこで、地元のバイク雑誌で見つけた近所のバイク販売店に就職した。

前回の反省を踏まえ、仕事内容や見栄えより、楽さを優先し、家からできるだけ近くて仕事の楽そうな店を選んだ。前回は専門店だったため難しい整備中心でマニアックすぎたので、今回はそういうことがないようにありふれた販売店にした。

リハビリがてら適当にやるか～とチンタラ働き始めた。

そこは知也の予想どおり極楽だった。

職場の仲間や常連客と雑談しながらタラタラやっていれば、いつのまにか時間が過ぎていく。届け物をしつつ車の中で仮眠してから戻っても、コンビニの駐車場でマンガを読んでから戻っても誰も咎《とが》めない。クレバーハンズのときと違って、仕事も簡単なものばかり。自分向きのいい職場を見つけたと喜んだ。

チンタラ働いても
なんとかなる職場だったが…

ところが、永遠に続くかのように思われた、そのほのぼのとした平和な日々も、意外に早く終わりを迎えることになった。

知也はアホのくせに無駄に贅沢にできている。楽ないい職場が2年もすると逆に楽すぎてどうしようもなく退屈になってしまったのだ。

何かが特別気に入らないというわけではない。給料もクレバーハンズの2倍以上だ。ただ、ほとんど何も考えることなく流れ作業的に毎日が過ぎていく刺激のない生活が作り出す倦怠感に耐えられなくなってしまったのだ。

何十台と並ぶバイクのタンクを拭くリズムに合わせて、

「かったりぃ、かったりぃ、かったりぃ」

とつぶやくのが癖になっていた。知也は適当な理由を作ってそのバイク屋を辞めてしまった。結局、整備士という仕事を手に職というレベルに達するまで続けることはできなかった。

バイク屋を辞めた知也は親父の勧めもあって実家の介護用品店の仕事を仕方なく手伝うようになった。しかし、テキトーな知也に人間相手の、きめ濃《こま》やかな気配りを要求される仕事など向いているはずはない。

働き始めて、たった1か月でこれまた耐え難いほどイヤになってしまった。

訪問先のじいさんばあさんの延々と繰り返される同じ話を聞きながら、「帰りてぃ、帰りてぃ、帰りてぃ」

とつぶやくのが癖になっていた。

もう働くのはイヤだった。もう何もしたくなかった。

こじ開けられた〝年齢〟という禁断の箱

極端に勤労意欲の低い知也だったが、フリーター生活は悪くないと感じていた。実家なので稼ぐのは自分の使う小遣い程度でよく、1日数時間の暇つぶしと考えればそんなにストレスも感じない。それに、もし、イヤになれば、バイトなどすぐに辞めてしまえる気楽さもいい。

ところが、しばらくこんな感じでいいかと思っていた矢先、先行きについて真剣に考えさせられるきっかけとなる出来事が起こった。

臨床検査会社の集配コースにある病院の前の道沿いに、気になるケーキ屋があった。夕方くらいに行くと目がくりくりしているたぬき顔のかわいい娘が売り場に立っている。知也は店の外に貼ってあるポスターなどを見るふりをして、いつも店の中の彼女をチェックしていた。

いつものようにゆっくり前を通りながら横目で彼女を探していると、店外の貼り紙が目に入った。

あれ？　この店バイト募集の紙まだ貼ってあるな～、応募少ないのかな。まあ不便な場所にあるしね。あ、そうか、そろそろバイト増やしたいし、ここでいっか。かわいい娘もいるし……。

すかさず電話番号をメモし、翌日そのケーキ屋に電話してみた。すると、やはり相当応募が少なかったようで、ぜひお越しくださいとのことだ。

なんだ楽勝じゃん。どうやって彼女に話かけるかな～彼氏いるのかな～。妄想モード全開、顔がニヤけるのをおさえながら面接に向かった。

店長らしき髭面のおっさんとあれこれ話していい雰囲気。が、履歴書を見るなり髭おやじみるみる渋い顔。

「う～んそうか～、君バイトリーダーより年上なんだよね～。うちのバイトリーダー26なんだけど、ぶっちゃけ年上の男NGだからな～」

髭おやじは売り場のほうをチラっと見た。

バイトリーダー？　あー、あそこにいるおかっぱのでかい人か……。

「ま、あとでちょっと相談してみるけどね」

だが、その後いつまで経っても採用の電話はかかってこなかった。

年齢を理由に断るのが労働法規的にどうなのかは別として、その事実は知也が敢えて触れないようにしていた禁断の箱を無理矢理こじ開けようとしていた。

そういえば、この前もバイト断られたな。もしかしてあれも年齢のせい？　精神年齢は十代の知也だったが、実年齢はもう29歳になっていた。時は容赦なく過ぎていたのだ……そのとき、バキバキバキと突き刺すような音を立て、遂に禁断の箱が開かれた。

あれ？　あれあれ？　その瞬間、もわもわっと何かが立ち込めてきた。黒くて重い靄《もや》に、みるみる周りを包みこまれてしまった。

たしかに、ここのところ鏡の中の自分に新たな顔のしわやシミを見つけ、徐々にではあるが確実におっさん化していく様が気にはなっていた。

気にしないふりはしていたが確実に老化は始まっているのだ。それは見た目の変化だけではなく、若さという武器、若いからという言い訳がだんだん使えなくなっていくことも意味していた。

ヤバい、どんどん歳とっているんだ。知也は青ざめた。

それまで見ないふりをしていた現実が力ずくで姿を現してきた。それはあまりにも恐ろしい姿だった。

知也は狼狽した。今はかろうじてよしとしても、あと5年、10年経ったらどうなるんだ？　おっさんフルパワーじゃないか。この調子だと雇ってくれるバイト先は激減するだろう。ましてや就職なんかできるわけがない。

貧乏な親は残してくれそうな資産なんか持っているわけないし。そうなったら生活やばくないか？

しまった！　先のことはなるべく考えないようにしていたのに、将来のことをついうっかり真面目に考えてしまった。後悔先に立たず、みるみる先行きが不安になってきた。暗雲垂れ込めまくりである。

ネガティブなことを考え出すと、どんどんネガティブなことが思い浮かんでくる。楽そうなほう、楽そうなほうってことで、今までやってきたけど、気がつけばこんな歳になって、どうにも使えない男一人できあがりじゃないか。もしかして取り返しのつかないことになっているんじゃ……。

いやいや、使える使えないなんて、所詮、世間からの観点だろ？　俺には関係ないよ。この腐りきった世の中からどう思われようが関係ないし、俺は俺の旗の下に生きればいい……。松本零士のマンガに出てきた宇宙海賊みたいな強がりも、ロクに戦ったこともない知也が言うと果てしなく虚しい。

もしかして、腐っているのは世の中でなくて俺？　……結局、何もできずに、このままどんどん歳をとって朽ち果ててしまうのか。

働き口がどんどん減っていくだけではない。

当たり前のことだが、歳をとれば他の可能性だってどんどん減っていく。体だって思いどおりに動かなくなっていく。極端だが、まるで死への準備が始まっているような感じすらする。

そんななか、このまま何もしないでいいのだろうかという思いが夜も眠れないほどの不安と焦りを生み出した。

それはまるで1年くらい干していない、よだれや湿気を吸いきったカビくさい掛け布団のように知也に重くのしかかってきた。フリーターであることの気楽さを、その重苦しい不安や焦りがかき消していった。

ヤバい！どんどん歳とってるんだ

そうかといって、知也には、この先どうすればいいのか皆目見当がつかない。何をしたらいいのか、どこに向うべきなのかさっぱりわからない。

やりたいこと、やるべきこと、何か目標のようなものがあれば、そこから逃れるための羅針盤にでもなるのかもしれない。

しかし、知也には楽をするということ以外に人生の目標がなく、その唯一の目標が現実によって否定されようとしている今、なすすべはなかった。

糞詰まりになるほど閉塞感いっぱいになった知也に、親父は「目標を掲げて強烈に願えば何でも叶う」的プラス思考の本をたくさん勧めてきた。

だが知也には、これといってなりたいものも、目指したいものも、やりたいこともなく、強い願いといってもあまりピンとこない。

社長とかめんどくせーし、歳とりすぎてるからスポーツ選手とか無理だし、血を見ると頭くらくらするから医者とか無理だし、議論は嫌いだから弁護士もいやだし……せいぜいできる限り楽をしたいというくらいか。

あれ？　結局そこか。

それにしても楽をするって一体何なのだ。頑張らないということか。そもそも、なぜ楽をすることが目標になってしまったのだろう。

知也は自分の過去を遡ってみた。するとところどころではあるが頑張った記憶がちゃんと存在した。病弱でひ弱な体を何とかしようと部活に入ったこともあるし、あ、いや、正確に言うと母ちゃんに無理強いされて……勉強もそれなりにやってきた。あ、これも母ちゃんに……しかし、その頑張りは全然成果に結びつかなかった。

中学のときの部活では毎日のトレーニングの積み重ねで、同級生たちはどんどん体力をつけていくなか、知也の進歩は遅く、練習で置いていかれるようになった。

置いていかれるだけならまだしも、階段ダッシュでよくコケる知也はそのたびに下級生の女子部員にくすくす笑われた。ナイーブな知也は1年ちょっとで部活をやめてしまい、それ以降部活の類《たぐい》は一切やっていない。

勉強も激しい拒絶反応と闘いながらそれなりにやってはいた。しかし、成績はまるで伸びず、高校3年のときに受けた模試では偏差値30台後半から40台前半で、そこから帝京大学に入るのに3年も浪人している。

結局、知也が頑張らなくなったのは、自分自身の経験から頑張っても無駄だというふうに思い込んでしまったからなのだ。

楽をするのが目標というのは、精一杯の自己肯定だった。楽をするということを人生の目標として、頑張っている人を冷めた目で見ることで、頑張っても何も見出せない自分を肯定し、どうにか心のバランスを保っていた。

どうせ俺なんかと、かわいらしくスネていた少年が、歳をとるにつれて自分にとって都合のいいことが書かれている生き方本などを読み、「俺は真実を見ている」「世の中の奴らは無価値なことに精を出すよう操られている」などと、あらぬ方向へヒネくれていったのだ。

ところが、楽をするという唯一の人生の目標を覆《おお》いとして、それまで必死に隠してきたものは、現実によってあっけなく露《あらわ》にされてしまった。

今まで覆い隠してきた何もできないヘボ人間という自分の真実の姿が、あられもなく露呈されてしまったのだ。それは醜く、とても肯定できるような代物ではなかった。心のバランスはくずれ、人生どころか自分自身の存在意義まで疑わしく感じた。

俺は一体何なのだ。

都合のいい思い込みや自分にとって都合のいいことが書かれている生き方本の類からかき集めた張りぼての自分がくずれ、中からはどこにでも落ちているようなありふれた石ころが出てきた。

おかげでしばらくは絶望して途方にくれることになったが、それによって真の姿を知ることができた。良いようにとれば、やっとスタート地点に立てたわけだ。

どうしても消えない「日々のモヤモヤ」

「ありふれた石ころなりに生きていく方法を探すか、今さらだけど石ころを磨いてみるか……そんなこと考えてるの知也らしくないな。何にも考えないのが知也だと思ってたから〜、ぐふふふふ」

久しぶりに会った幼馴染の八洲男は笑いを押し殺していた。

今日は紅葉ツーリングに行く予定だったがあいにくの雨となってしまったので、いつものCOCO'Sに集合となった。

八洲男と知也は共通点が多い。小中高と同じ学校、車やバイク好き、そして若干オタク。八洲男も、知也ほどではなかったが同じように、お世辞にも優秀とは言えなかった。八洲男が高校生のとき受けた知能指数テストの結果が、思いのほか低いことにへこんでいた姿を知也はよく憶えていた。

　知也のように3年も浪人はしなかったが、温泉地にある大学にかろうじて入って、親戚のコネでどうにか地元の不動産会社に就職していた。だが、その後だいぶ苦労しているようだった。

　やっぱりバカが社会に出ても大変なんだな〜と、知也にすら同情されるほどだったが、いつのまにか独立し、いまや工務店の社長だ。

　八洲男が独立したのを知ったときは幼馴染なので応援する反面、どうせそのうち潰れるだろうとあまり気にも留めていなかった。しかし予想に反し八洲男の会社は順調に成長し、従業員もどんどん増えている。仕事の評判はかなりいいらしい。

　数年前までは、八洲男に対してプロのバイク整備士として気持ち上から目線で接していた知也だったが、いまや完全に立場は逆転してしまった。社長とフリーターだ。

　会うたびに卑屈になる自分がイヤだったのでここのところ八洲男を敬遠ぎみだったが、知也の周りでまともに相談相手となるのは八洲男しかいない。ちょうどいい機会なので思うところを八洲男に話してみようと考えた。

窓の外はたくさんの車が水しぶきをあげて幹線道路を走っている。それを見つめながら知也はつぶやいた。

「現実に自分がヘボいという事実を突き付けられて愕然としたというのが正直なところで……」

邪魔なメニューをテーブルの隅に立てかけながらさらに続けた。

「まあそう言いながら、テレビでどっかの坊さんが現状にできるだけ満足して生きろとか言ってたから、このままでもいいような気がしないでもないけど、何かへんなもやもやがね……」

うまく説明できず、もどかしかった知也だったが、八洲男にはなんとなく通じたようだった。

「現状に満足ね〜。それって大げさに言うと、うんうん、こんな俺でも働かせてくれるバイト先あるし、ていうか、仕事なくなっても実家だから関係ね〜し。遊びに行く金ないけど、家にいればマンガいくらでも読めるし、ゲームもできるし、テレビも見放題。暇だったら、外に出て散歩すれば、鳥の囀《さえず》りや

「自分がヘボいという事実を突き付けられて正直、愕然とした」

木々の香り、色彩や立体感に満ち溢れたこの世界を堪能できる。う～ん、俺、生きてる。なんて幸福なんだ！　ってなるってこと？」

「う～ん、まあ、そんな感じなのかな、よくわからん」

ふわふわのパンの上にアイスクリームを盛った和風ココッシュにスプーンを突き刺しながら八洲男はわずかに笑みを浮かべた。

「いや～それは絶対無理っしょ。現状に満足だなんて、きっとやるだけやった人の言葉だと思うよ。知也、大したことしてないしな」

コーヒーカップを口に運ぶ知也の手が止まった。

「何かやることと現状に満足と、どういう関係？」

知也は不機嫌そうな顔で八洲男を睨んだ。

「エラそうなこと言っちゃっていい？」

八洲男は抹茶アイスを口に突っ込みながらニヤついている。

ムカついたが八洲男の話の続きは聞きたかった。

「わかった、わかった、さっさと言え」

知也がいつになく真剣なので、八洲男もなんとなく真顔になった。

「さっきの石ころの話でたとえると、一度も真剣に自分の石ころを磨いたことがないのに現状に満足しているとか言えるかな。磨けば光る、要は潜在的な能力や才能を引き出して何かできたかもしれなかったのに、それをしなかった人が心の底から現状に満足するのは難しいと思うぞ」

「残尿感みたいなもん？」

「残尿感？　う～ん、ま、そう、やりきってない感じ。だいたいさ、エライ人のドキュメンタリーとか見てても、自分の石ころを光らせることを真剣に試みて、成功や挫折を乗り越えたうえで自分の納まるべき場所を見つけて、やっと現状に満足しているとか言ってるわけじゃん。知也が現状に満足だなんて１００年早ぇよ」

八洲男は、また笑みを浮かべながら、わざと誇らしげに知也を見た。

「うわ～イラッとくるわ～。ま、そりゃ仰るとおり大したことはしてないけどね」

やりきってない感じね。現状に満足とか言う前にやるべきことがあると言うのか。

たしかにこの世に生まれた確率を考えれば奇跡的な生を与えられていると言えなくはない。病弱だった知也がここまで無事に生きてこられたことを考えると、幸運だったと考えられなくはない。しかも寝る場所も働く場所もあることを幸せと考えられなくはない。

いい車やでかい家、社会的な地位やお金を欲しがるのは与えられた価値観であり、偽りの価値観から自由になることが幸福であると考えられなくはない。そして他人と比較するから不幸に感じると言えなくはない。

テレビで坊さんが言っていたように、考え方を変えれば現状に満足できると言えなくはない。しかし、屁理屈をあれこれ並べ立てたところで、心の中にある、でかいわだかまりが今の知也自身を受け入れることを頑《かたく》なに阻《はば》む。

知也にはとりたてて何か特別な才能があるわけではない。どうせ大したことはできないのだから、まあ俺の人生こんなもんだぞと、焦っても仕方ないぞと、今あるなかで満足しようと自分に言い聞かせてみても、そのでかいわだかまりが消えてくれる気配はない。

消えるどころか、消そうとすればするほど抵抗するがごとく、心の奥底からいや〜なわだかまりがじわじわと湧いてくる。

「八洲男の言うとおりかもな。今に満足しようとしても、いや〜なもやもやが消えない。やりきってない感じと言われれば、そうかもしれない」

「そのもやもやって本能から発せられるメッセージなんじゃないの？　お前はそれでいいのかって」

「本能のメッセージ？」

「そう、そのままだと何もしないまま老いて朽ち果てるだけの人生になっちゃうよって、もうタイムリミットが近づいてるよっていう警告だよ」

「ま、たしかに朽ち果てようとしてるかもしれんけど」

「何か思いきってやってみれば？」

「お前もそれ言うか～。それこの前バイト先の課長にも言われたよ」

「なんて？」

「現状が不満なら覚悟決めて、動き出せって」

「そのとおりじゃん」

「今さらやって何かできる気がしねえよ」

「別にできなくてもいいんだよ、結果じゃなくて何か可能性を追求したってという自分が納得できるような過程を作れれば。まあ、もちろん得たい結果というか目標がなければ過程も生まれないかもしれないけど」

そう言うと八洲男はドリンクバーに向かった。

「結果じゃなくて過程か……」

過去が現在を作っている。そして現在が未来を作る。未来になれば現在は過去になる。今の自分は受け入れがたい。そして今の受け入れ難い結果を作ったのはそこに至るまでの過程つまり過去である。

ということは、知也が真に受け入れ難いのは現在のヘボい自分というよりは、それを作り上げた過去の自分ということになる。だから八洲男は将来の自分のために何かしら満足できる過程を今からでも作れと言ったのか。

何かに情熱を傾けることもなく、ただ日々目先の娯楽を積み重ねてなんとなく生きてきた。若くてたくさんの可能性があったにもかかわらず、そのほとんどに挑戦してこなかった。いや、正確にいうとまったく挑戦しなかったわけではない。入り口には立ったのだ。

しかし思うように成果が出なかったので、すぐ逃げてしまったのだ。すべてそう。ちょっとやってできないとすぐに逃げてしまっていた。

できるできないにかかわらず、何かを納得するまでやり遂げたことは一度もない。すべて中途半端で終わっている。

さらには自分がちょっとやってできなかったことを、やる価値がないことと頭の中ですり替え、ニヒリズムを気取った。

「もしこれまでに充分何か可能性に挑戦してきたとして、その結果が今のような状態だったとしたら、すんなり受け入れられるのかな？」

「すんなりかどうかはわからんけど、やれるだけやってきたのだったら、まあこんなもんだろうぐらいには納得できるんじゃない」

八洲男はドリンクバーから持ってきた新たなティーポットをゆっくり回し、褐色へと変化していくお茶を見つめながらさらに続けた。

「たとえ同じ結果でも、そこに至るまでの過程に納得できるかどうかで自分にとっての価値は全然違うからね。過程に納得しないまま結果を無理やり受け入れたとしても、ほかに何かできたのではないかという思いは、ずっと残ると思うよ」

そう言われてみれば、ちょっと考えてみただけで自分のなかでつぶしきれていない可能性というか、手に入るならば手に入れたいものがたくさん思いつく。それは物やお金、社会的なポジションのような外的なものだけでなく、精神

ちょっとやってできないとすぐに逃げてしまっていた。

的な強さや賢さのような内的なものもある。

八洲男にそそのかされたせいで、手に入るかどうかはわからないが、まずは何かを手に入れるために真剣に取り組んでみて、そのなかでどれだけのことができるのか見てみようという気が少しは出てきた。

「じゃ、やるだけやってみようかな」

「おぉ！　もしそれで何も手に入らなかったとしても、自分の特徴や向いているものくらいはわかるだろうし、そうすれば次の可能性に取り組むことができるでしょ。そうやって可能性を整理しながら自分が向かうべき方向を見つけて、どんどん自分を成長させていけば、どこかに自分の人生の落とし所を見つけられるんじゃないの。というか、俺もそう信じているんだけれど」

「人生の落とし所か、なるほど……でも何していいのかわからんけど」

「何でもいいと思うよ。そういう思いでやれば、次はきっと中途半端で終わることはないから」

「何でもいいとか言われてもなぁ。何も思い浮かばない」

「じゃあ、たとえばさ〜、なんかこの前、簿記始めたとか言ってたでしょ。それちゃんと頑張ってみれば」

「簿記か〜」

「半信半疑なのはわかるけど、とりあえずやってみろよ」

「わかった」

しばらくして、二人は外に出た。雨は止んでいた。

「ありがとう、なんだかちょっと楽になったよ」

「きっかけ」は意外なところに転がっていた

1999年春、実家の手伝いもそこそこにアルバイトに精を出している知也に、親父は社会福祉の専門学校を受験することを勧めてきた。親父も数年前にここを卒業して社会福祉士になっている。息子にも同じ道を歩ませたかったらしい。

ところが、親父の思いとは裏腹に介護の仕事がいやでいやで仕方のない知也は、社会福祉の専門学校など絶対に行きたくなかった。

そのうちうやむやになるだろうと、のらりくらりと適当にはぐらかしていたが、親父があまりにしつこいので、親父の気を紛らわせるために受けるだけ受けようと仕方なく受験を申し込んだ。

　試験の内容は作文と面接だけだったが、受かりたくない知也はわざと不合格になるようにとんでもない作文を書いた。

　結果は予定どおり不合格である。よしよしと言いたいところだが、そのまま放っておけばまた受けろと言われるに決まっている。

　しばらくすると親父はやはり、

「それで、どうするだ」

と聞いてきた。やべぇ。

「いやー、そのう、ほら俺ってどっちかっていうと、店の帳簿とかやったほうが向いていると思うんだよ」

　もちろん現場に出たくなかっただけの苦し紛れの言い訳である。

「それでさー、ぼっ、簿記やろうと思っているんだよ。そのほうが、店の役に立つんじゃないかな」

　苦し紛れに出た言葉が簿記だった。

　簿記が何かなんてよくは知らない。たまたま前日アルバイト中に訪問した病院のかわいい看護士さんが商業高校出身で、簿記の話をしていたのをふと思い出したのだ。簿記をやれば彼女ともう少し親しくなれるのではないかという邪な考えが知也の口を滑らせた。

その瞬間、しまったと思ったが、もう後には引けない。このまま簿記を勉強したい知也を演じきるしかない。

「あ～そうか。まあいい、思うとおりやってみろ」

オスカー俳優になりきった知也の迫真の演技により、単純な親父は知也が店のことを思って簿記を勉強したいと言っていると完璧に思い込んでしまったようだ。

まさかその場をやり過ごすためだけの言い訳だなんて微塵も疑っていない様子である。

簿記の勉強なんかもちろんやりたくない。しかし口に出してしまった以上、何もしないわけにはいかない。口は禍《わざわい》のなんとかかぁ。

いらんこと言ってしまったと後悔しつつ、適当に勉強を始めようとした。が、何をどうやればいいのだ？

勉強しようと思っても、久しく勉強していない知也は何からどう始めていいのかよくわからない。本屋に参考書を探しに行ったが、どれを買っていいのかもわからない。

そうだ！　簿記の話をしていたかわいい看護士さんに電話をかけてみる。

「今ね、わけあって俺も簿記取らなきゃいけないんだけど、どうしたらいいかよくわかんなくてさぁ。こんど、ご飯食べながら簿記の話聞かせてよ～」

「えぇぇやだー。簿記なんて学校いけばすぐ取れるよ～」

「あ、ああ、そう……」

仕方なく「ケイコとマナブ」を見てアルバイトをしながら通えそうな簿記学校にあたりをつけた。

様子がわからないので、もっとも簡単な4級からと思ったが、3級からしか講座がない。

簿記学校の窓口にいた化粧の濃いおばちゃんが「絶対大丈夫」と言うので、その言葉を信じて家から近い簿記学校の日商簿記3級コースに入学した。最後までいけるかどうか不安を感じつつ。

知也にとって何だかわけのわからん資格のために、数万円もの授業料を払うのは相当に気が引けた。そうかといって独力で勉強する自信もない。結局、簿記学校に週2回通うのを含めて1か月以上勉強することになった。

最初の一歩を踏み出そう

難しく考えず、
まずは一歩を踏み出す
（就職活動でも資格取得でも
始められそうなものからでいい）

↓

ダメだったら、考えたり、
工夫したりする

↓

それでもダメなら
別のことに取り組む
（最初はそのくらいの気持ちで）

人は自発的に行動し達成感を得たいという欲求をもっている。その欲求に素直に従うことで、能力を発揮し、うまくいく可能性が高まる（たとえば、親から言われて部屋の掃除をするのと、自分から進んで掃除をするのでは、モチベーションからして違ってくる）。

「やればできる」は真実か

簿記学校の講座は午前中だったが、夕方から深夜にかけてバイトしていたので初日は起きるのに苦労した。

なんでこんなもの申し込んでしまったのかと後悔しながら、寝癖も直さずヒゲも剃らずに学校のある名古屋金山駅雑居ビルに向かった。

3級の先生は受講の申し込みのときに窓口にいた化粧の濃い雛人形みたいなおばちゃんだった。

「マジかよ〜、先生あれかよ〜。大丈夫かな〜」

思わず小声でつぶやいてしまい、周りの何人かを振り向かせた。しばらく講座の説明が続いたあと、知也の微妙な空気に関係なく講義は始まった。

超スローペースだ。いつもならソッコーで爆睡というところだろうが、意外に眠くならない。しかも、思っていたほどつまらなくもない。

ありゃ？

その不思議な感覚は、講座初日だけでなく、その後も続いた。なぜか学生時代あれほどいやだった勉強がそれほど苦痛に感じない。勉強することに対して体が以前のような拒絶反応を示さなくなっていた。

なんでだろ？　昔みたいにすぐキーってならないな。

学生時代は勉強しようとすると、ものの数分で頭の中がくちゃくちゃになって、妄想タイムに突入した。頭の中のほとんどがあらゆる妄想ですぐ満杯になって、とても勉強どころじゃない。そこに無理矢理勉強が割って入ろうとしても妄想王国の戦士によって一瞬で追い出されてしまった。

しかも、一度、妄想モードに突入すると、現実に帰るのに時間がかかった。ただでさえ少ない頭の中の領域とエネルギーのほとんどを妄想に費やしていれば、勉強に集中できるわけなどないだろう。そういえば最近あんまり妄想しなくなったな。だから勉強やりやすいのかな。歳とったせいかな。

理由はともかく頭の中がだいぶクリアになったうえに、妄想と現実の切り替えも以前よりはうまくできるようになっていた。

頭の中で何を考えていようが、やるべきことはやらなければならない社会人経験をまがりなりにも積んだことがよかったのかもしれない。歳をとることは悪いことだけではなかったのだ。

それに今回は知也が、みずから学校のお金を払っている。

学生時代と違って、あくまで自発的に勉強しようとしているのでやらされている感がないし、せっかく自分でお金を払っているのでなんとか元を取りたいという思いもあった。自分が選んだという思いが、多少の努力をそれほど苦痛に感じさせなかったのかもしれない。

さらに、勉強のレベルとやり方も知也にピッタリだった。

簿記3級の内容はかなり基礎的である。しかも学校に通っていることで、わからないことはすぐ質問できた。

闇雲に丸暗記するのではなく理解しながら進めることができた。そして、理解できることで多少は興味も湧いた。問題集も滞ることなく進められた。この「問題集が進む」という感覚は知也が今までに味わったことのない快感だった。

おぅ！　問題集が進む！

知也はそのとき生まれて初めて勉強することが楽しいと感じた。

小中高と学校からたくさんの問題集を配布されたが、一度もやりきったことはない。もれなく途中でひっかかって挫折した。知也には難しすぎたのだ。

それにくらべると、簿記3級の問題集はかなり基礎的である。足し算、引き算、掛け算、割り算ができて、基礎的な漢字が読めればなんとかなる。しかも計算そのものは電卓を使える。さすがに、ここまで簡単だと知也でもなんとかなった。しかも、どんどん進めることでさらに先に進みたいという気持ちが芽生えてきた。

知也は基本的にやる気がないし、モチベーションは常に低い。この気力のなさという、一見すると何かを成し遂げるには致命的で、かつ遺伝子レベルの克服できないようにさえ思えた弱点が、自分の状況に合った環境を整えることで少しは影を潜めることもあるということが意外な発見だった。

以前、テレビで、科目ごとに個々の生徒のレベル分けを行ない、学習させる内容を個々のレベルに応じたものにしている学習塾が紹介されているのを見たことがある。それと同じようなことかもしれない。最初は無理をせずに、少しずつやっていくのがいいみたいだ。

前に進むことが実感できれば自発的にどんどん進みたくなり、いずれ遠くまで走れるようになるのかもしれない。いきなり難しい目標に挑むのではなく、最終目標までを何段階かの小さな目標に小分けし、段階的にクリアすることで挫折することなく最終目標に近づけるようになっているのだろう。

問題集を解くのが気持ちよかったのと、遊びに行く金もなくヒマだったので、最終的には問題集を3回も繰り返して本番に臨んだ。結果は100点で合格だった。

できた感触があったので合格はするだろうと思っていたが、過去に勉強でいい結果を残したことは一度もなかったから100点と聞いたとき、嬉しいを通り越して感動すら覚えた。

受話器を置いた瞬間、知也は思わずニヤけた。もしかすると俺はやればできる子なんじゃないか。実はみにくいアヒルの子だったのか。この少しの自信と勘違いは、知也を日商簿記2級の講座申し込みへと向かわせた。

一般的に資格として社会的に認められるのは2級からである。2級を取れば、仮に今後どこかに就職するとしても多少は有利なのではないかと考えた。それに2級になれば簿記だけでなく、基礎的な原価計算も入ってくる。何を計算するのかよくわからんが原価計算という難しそうな響きがカッコいい。ま、2級を取れれば、簿記やったぞって言えるかな。ただし、いくらやる気が出てきたといっても、そもそも勉強が好きなわけではない。壁に当たればすぐに挫折するだろう。さすがに2級になると3級とは桁違いに学習すべきことが多く難易度も高い。５か月も学校に通えるかどうかも不安である。

でもここで勉強をやめれば、親父からまた社会福祉の専門学校へ行けと言われる。それは避けたい。それに八洲男にも簿記を頑張れと言われている。よ〜しこのままいってしまえ〜と、勢いで申し込んだ。

せっかくなので行けるとこまで行こうと頑張って真面目に勉強した。毎回宿題もきちんとやった。

知也はまったく意識していなかったが、やはり見ている人はいるものだ。ある日、簿記学校には全く似つかわしくない派手な格好した夜の香りのする女性が、

「知也さんスゴ〜い。教えて〜」

とすり寄ってきた。自動的に違うスイッチが入りそうなのを必死で抑えながら、懸命に簿記の話をした。それ以降、彼女はたびたび寄ってきた。知也は、

「おいおいまたかよ、たまには自分で考えろよ」

なんて言っていたが、まんざらでもなかった。勉強で人に頼られ

もしかすると俺はやればできる子なんじゃないか。

るなんて生涯初の経験である。超きもちええ〜気分になった。

それまで自分が苦手だと思っていたところで人に頼られると、それが苦手だったことを忘れてしまう。しかも他人に話すことで知也にとっても知識の整理になった。

彼女はお店のディスプレィをデザインする仕事をやっているとか、いいかげんなことを言っていたが、その仕草や香り、雰囲気から夜のお仕事であることは明らかだった。教えてあげるかわりに……ふふふ……なんてことがちょいちょい知也の頭をよぎったが、不思議と妄想だけで止まった。きっと勉強の神様が見えない剛力で知也を止めたのだ。

勉強のやり方は3級のときと同じように、テキストのわからないところを、聞いたり調べたりしてつぶして、あとはひたすらに問題集をやった。問題集も間違えたところをチェックして、間違えなくなるまでやった。

簿記というのは個々の問題は数学のように難しくはない。単純な問題が組み合わさることによって間違えてしまうのだ。だから数学のようにわからないことを延々と考え込むようなことが、少なくとも簿記2級レベルではそれほどない。一度理解したら、あとはひたすら問題を解いて体に浸み込ませるだけだ。

そういう簿記の特徴が知也に向いていたのかもしれない。数学のようにわからないことを延々と考えて、ブチ切れそうになるようなストレスを感じなかった。

どこまで勉強すればいいのかわからなかったので、2級も不必要なくらいめちゃくちゃ勉強して試験を受けた。そしてこれも合格した。

欲求不満の正体

妙にうれしいぞ……何なんだ、この感じ。

簿記の試験を通して、苦手だった勉強も練習すれば少しずつできるようになっていくことがわかってきた。

勉強もスポーツと一緒なんだな。続けていれば少しずつ上達するんだ。そういう進歩の実感に加えて、一生懸命頑張って少しずつ結果が出ることに、これまでにない楽しさを感じた。

これが充実感とか達成感というものか。

それは本当に新鮮だった。こういう楽しさもあるんだと。

それまでは欲しかったものを手に入れるとか、友だちと遊ぶとか、美味しいものを食べるといった、外から得られるものだけが知也にとっての楽しみだった。

頑張ることに何も見出せなかった知也にとって、世の中に必死でやらなければならないものなどあるはずもなく、人生とは苦労せずに手に入る快楽の追及でしかなかった。それ以外はできるかぎり排除すべきと考えていた。だから快楽を我慢して頑張っている人というのをどうしても理解できなかったのだ。そういう人たちはドMの修行僧のような特殊なカテゴリーに属する特別な人たちと思い込んでいた。

ところが、一区切りできるところまで頑張ったことで、知也は自分の知らないもう一つの楽しさがあることに気づかされたのである。それはお酒を飲んでバカ騒ぎしたときや、何かプレゼントをもらったとき、美味しいものを食べたときの楽しさとは明らかに違う種類のものだった。

何かもっと奥のほうから湧いてくるような、一時の歓喜で終わるのではなく次への原動力になるような、人間に眠る何かの仕組みを動かすかのような感覚……。しかもこの楽しさを得るためには自分が納得するまで何かをやり遂げればいいだけで、外から何か受け取る必要は必ずしもなさそうだ。

どうやら人生には快楽に加えて自分をレベルアップすることによる充実感や達成感という楽しみがあるらしい。だとすると、楽なほう楽なほうへと生きてきた自分は、今までそれを逃してきたということになるのか。知也は時間を巻き戻したいような思いに駆られた。

努力するとか何かを頑張ることは楽しみのマイナスのように考えていたのだが、実は種類が違うだけで、それも楽しみの一つだったのだ。楽しみというか、欲というか、快楽も達成感もどちらも人間の本質的な欲求なのかもしれない。なるほど、それであいつらアホみたいに頑張ってたのか……。

俺は今まで、それをずっと抑え込んでいたんだ。だからあんな眠れないほどのもやもやを感じたのか。歳をとって焦る気持ちだけじゃなくて、ある意味、欲求不満も溜まっていたんだ。

人生には充実感や達成感という楽しみもあるらしい。

知也は大学生のときに夢は何かと訊かれ、貴族になって綺麗な海岸線を見渡す高い丘の上のパルテノン神殿のような家に住み、大国の国家予算並みのお金を持ち、欲しいものは何でも即座に手に入れることと恥ずかしげもなく答えた。しかもその生活が、ある日突然、何もしていないのに与えられたかった。努力は一切したくなかった。

努力からはとにかく逃げたかった。それが最高の幸せだろうと長い間信じていた。しかし、苦労してでも自分の中で何かを達成したいというのが人間の欲求の一部分なら、どれだけいいものを突然外から得たとしても、それだけでは満足することができないことになる。

昔、ソロモンとかいう王様が、ありとあらゆるものを手に入れたあとで「虚しい」と言ったそうだが、同じように知也の夢の先も虚しさだけということになってしまう。人生に、より満足するためには頑張って自分の中で何かを達成することが必要なのか。

ダラダラと生きるのはたしかに気楽でいい。基本的に無気力な知也は気ままな生活が大好きである。退屈な時間をつぶすのに充分なお金さえあれば、今すぐにでも引退してのんびり余生を送りたいと常々考えている。

ただ、生まれてからずっとダラダラ人生を歩んできたので、一度くらい何でもいいから、みずから進んで必死に頑張ってみるのもアリなのかもしれないと思った。

このままだと人生の楽しみの半分しか味わっていない。せっかくなので味わえる楽しみはすべて味わっておいたほうがいい。

もしかしてそれがきっかけとなって今までとは違う人生が展開するかもしれない。たとえ、その頑張りが実らなかったとしても、それまでの自分にはない世界が見えるような気もする。

それに、もし何かを本気でやったら自分はどのへんまでいけるのだろうというこれまで考えたこともないような興味も湧いてきた。そうやって、できるかぎりのことをやれば、八洲男が話していた人生の落とし所もいつか見つけることができるかもしれない。

八洲男の言っていたことがようやく真にわかりかけてきた。

1999年秋、日商簿記2級に合格できた余韻に浸りながら、知也は矢作ダムのくねくね道をバイクで流していた。

あっ、そういえば……。

そのとき、知也の脳裏に浮かんだのは4年ほど前に別れた裕美子だった。

あのとき頑張っていたら…

「私野菜苦手なんだ〜」

「じゃあ、何が好きなの？」

「ハンバーグ」

「味覚が子供だね〜」

「うるさい！」

　夜の京王線、聖蹟桜ヶ丘駅ホームのベンチで何本も列車を見送りながら裕美子と他愛もない話をするのが大好きだった。裕美子とは知也が大学3年のとき、バイト先である神戸屋キッチンで出会った。

　彼女は聖蹟桜ヶ丘に住んでいて知也が京王八王子に住んでいたので、よく京王線で一緒に帰った。第一印象はよくいるかわいい娘だったが、帰る方向が同じで、いろいろ話をしているうちにだんだん好きになっていった。

　そしてバレンタインデーに知也がチョコレートを要求したことをきっかけとして、つきあうようになった。

　裕美子は、田中康夫氏が雑誌「ポパイ」に連載していた大学受験講座のなかでかわいい女の子がいると紹介されていた立教大学の学生だった。

その記事を読んだ知也はどうしても立教に入りたくて毎年1学部だったり3学部だったりしたが、4年間立教を受け続けた。だが、合計7、8回は受験したにもかかわらず最後まで合格できなかった。しかし、彼女とつきあうことで、ある意味、目的は達成できたのだ。

裕美子と一緒にいるうちにどんどん彼女に惹かれ、どう接していいのかわからなくなるほど好きになっていった。若かったこともあるかもしれないが、ほとんど溺愛していた。大学は違ったが毎週のように会って一緒に遊んだ。

知也にとって大学時代の最高の思い出は何かと聞かれれば、間違いなく彼女と過ごした日々と答えるだろう。

ところが……。

忘れることのできない1995年のある夏の日、聖蹟桜ヶ丘京王デパートの階段の踊り場で、

「私、さめちゃったの」

「えっ……なんで……」

知也は耳を疑った。あまりの衝撃に世界が止まった。ずっと一緒にいよう

ねという言葉をかたく信じていた知也が、その現実を理解するのには少し時間が必要だった。邪魔そうにこっちをにらむパンチパーマのおばさんが視界に割り込み、やっと我に返った。

「あれ、もしかして俺フラれてるの？？？」

そういえば、なんとなく思い当たる節が……彼女には当時住んでいたアパートの合鍵を渡していたのだが、いろいろ忙しくなって遊びに行けなくなるので鍵を返したいと、少し前に言われたことを思い出した。

そういうことだったのか。

たしかに、そのころ二人の間ですれ違いが多くなっていた。知也は職場のバイク屋で毎日怒られ、彼女と会うことだけが唯一の息抜きだった。

しかし、裕美子は会う時間を削ってでもいろんな活動に手を広げ、自分の可能性を追求していた。そのときの知也にはそれが理解できずに不満をためた。裕美子もそういう知也に愛想を尽かしたのだろう。

裕美子は知也と違って優秀で向上心も強かったので、自分の可能性を見出したいという思いが強くあっても何ら不思議でない。

「自分探し、自分探し」とよく言っていた。

とにかく、そのころの知也はデートの時間や寝る時間を削ってでも何かを頑張っている裕美子が、いったい何を見ているのかさっぱりわからなかった。

そうか、彼女が見ようとしていたものは、挑戦という、知也には縁がないと思われた言葉の先にある何か……。簿記の受験のためにちょっとだけ頑張ったことで、うっすらと感じる何か……。今さらながらそれがわかりかけているのか。あのとき、俺が頑張る男だったら彼女と別れずにすんだのか？

ダムの脇にバイクをとめて、ボーっと他のバイクを見ていると、いろいろな思いが浮かんできた。もう彼女との関係を元に戻すのは無理とわかってはいたが、心のどこかに彼女に近づきたいという思いは残っていた。少なくとも志くらいは。

そうだなぁ、人生一度くらいは本気で頑張ってみようと考えていたところだし、なんか無理っぽいこといきなりやってみるか。こんな場所でこんな思いになるのも何かいいタイミングなのかもしれないな。

でも急に俺がとんでもないこと始めたらどうなるんだろ？

まぁ、とりあえず周りの奴はびっくりするだろ

「自分探し、自分探し」

うなぁ。きっと頭がおかしくなったとでも思うだろな……ちょっと待てよ、それ面白いな。

どうせ、30歳目前のフリーターだし、一人だし、華々しく散っても失うものは何もない。今の俺には何にもないんだ。散ったら散ったで諦めもつくだろう。よし！　やっぱり何かやってやろう。

「君には無理だ」

それで、何すればいいんだろ？　何を頑張ればいいんだろ？　簿記2級まで取ったから、とりあえずこのまま1級でも目指すかな。

名古屋の地下街をぶらぶらしていた知也は、三省堂書店の前のパンフレット置場の前で立ち止まった。〈経理系最高資格〉とある。経理系というくらいだから簿記に何か関係があるのかと思いつつ、パンフレットを手に取った。

ん？　公認会計士？　なんだそれ？

パンフレットをめくると、合格者の顔写真がならんでいる。パンフレットのあちこちに「俺はこうしたから受かった」なんて偉そうな自慢のコメントがたくさん載っている。有名大学の奴等ばかりだ。

けっ、なんだこいつら。

それにしても、こいつらの顔は相当なことを成し遂げたという満足感に満ちているように見えるな。そして合格祝賀会の会場は名古屋の有名ホテルだ。

へーっ、受かるとこんなところでパーティーしてもらえるんだ。どうせ受講料の一部なんだろうけど。そこに写っているのは自分とは別世界の人間のような気がした。

頭のいい人たちがたくさん勉強してもなかなか受からない試験のようだ。自分にはどうやっても届かないだろう。公認会計士になるには第三次試験までであるが、最大の山場は第二次試験で、それに合格すると会計士補になって監査法人というところに就職できるらしい。

監査法人か～。堅そうなところだな～。そんなところで働くのはいやだな～なんて思いつつも、なんとなく気になってパンフレットを持ち帰った。

ビールを飲みながらかわいい娘はいないかとパンフレットをながめた。どうやら1・5年コースというのが標準らしい。受講料は朝の問題演習コースと合わせて60万円くらいだ。興味はあったが、知也にとってあまりに現実離れしているように感じた。

60万かぁ、俺にとってはドブに捨てるようなもんだな。だいたいそんな金ないし。

そもそも母集団のレベルが高い中で合格率は一割にも満たず、受験科目は7科目もある。簿記はその中の1科目で、しかもその1科目が日商1級よりも難しいらしい。

俺はやっと日商2級レベルだからな。いくらなんでもこれは無理だろう。たとえていえば「富士山に登ろうとして富士宮駅で降りたところ」あたりか。先は果てしなく遠い。いや遠すぎる。

だが数日後、知也は、なぜか資格学校の公認会計士講座説明会に出席していた。無謀と知りつつも、とりあえずどんな感じか聞くだけ聞いてみようと思って「富士宮駅」で降りたわけだ。聞くのはタダだし。

説明していたのは現職の公認会計士である。

一通り説明が終わり、個別の質問時間になったので、彼がそばに来たときに自分のような者でも合格できるのか尋ねてみた。すると彼は、知也の略歴を聞いたあと真顔で、

「ウ〜ん、正直ちょっと君には無理かもしれないなぁ」

と言い、まずは会計士でない違う資格を目指すよう勧めてきた。

彼が言うには知也の経歴から予想すると会計士コースは講座のペースについていくだけでも困難極まりないということだった。

まぁそんなもんでしょ。やっぱりねーと思いつつも、若干バカにされたようで、だんだんリアルに腹が立ってきた。このインテリ野郎ぶっとばしてやろうか……気持ちを抑えるようにゆっくり呼吸していると、頭の中で、そいつの言うとおりかもしれない、現実を見ろという声がした。

というのも、資格学校のパンフレットを見ると合格者のほとんどは勉強が得意と思われる有名大学出身者である。アホな知也にとっては神のような存在である東大、慶應、早稲田など、一流大学出身の頭のよさそうな面々がずらーっとならんでいる。まるでそういう大学出身でないと受からないといっているみたいだ。

彼が言うには、一般的に受験勉強が得意な一流大学出身者が受かりやすいようで、そういう優秀な大学の出身者で会計士試験の科目に向いていることを前提として運がよければ1〜2年、そこまで運がなくても、そこそこ地力がある人であれば2〜3年、それ以外のいわゆる普通の人は4〜5年以上かかるか最終的に合格できない可能性が高いとのことだった。

つまり合格するポテンシャルを持っている人が必死に努力すればだいたい3回以内で合格できるが、そこまでの能力を持っていない人は相当時間がかかるか、最終的に合格できないことを覚悟して勉強を始めてほしいということだった。

それが現実なのかもしれない。彼はそれまでのデータから親切心で明らかに普通未満の知也に「君には無理だ」と言ったのだ。

知也は小さいころから勉強なんてできたことがないし、大学受験も落ちて落ちて落ちまくり、3年も浪人してやっと入ったのが会計とは無縁の帝京大学文学部である。

入学後もバイトとツーリングに明け暮れ、勉強などほとんどしていない。しかも卒業後数年はバイクの整備士として働いていたが、結局フリーターになり、30歳目前まで厳しい受験生活とは無縁のダラダラお気楽人生を歩んでいた。そんな知也にエリートたちと戦い、難関試験を突破する能力も気力もあるとは思えなかった。

頑張る決意はしたものの現実を突きつけられ、軟弱な知也の意志は揺らいでいた。

テキトー人間でも玉砕覚悟で…

どうしたものかと考えていた、ある晴れた秋の休日、知也は隣に友人の川田を乗せてＢＢＱ会場へと車を走らせていた。数十年前に生まれた古いアメリカンＶ８サウンドがデロデロと心地よく響いている。

川沿いの土手伝いの道、空は快晴、鏡のような水と空の青、そして紅く染まった木々。テンションの上がった知也は、

「そういえば、来年、会計士の資格学校に行こうと思ってるんだよ。だからもうすぐこの車もバイクも全部売っちゃおうかなぁ～」

とついつい口走ってしまった。

川田は、はぁ？　というような顔で、でっかい目になったままで、

「へぇーすげーな。ところで会計士って何する人？」

「いやー何だろ、よくわかんねぇ」

「なんだそりゃ、なんで、そんなの興味もったの？」

「ん？　興味？　まったくないよ。それに俺じゃ間違いなく受からないと思うよ。ちょー難しいらしいし」

「じゃ、なんで受けるの？　万が一受かったらどうするの？」

「なんかこう壁にぶつかって玉砕してみたいというか……最近つまんないし。まぁ万が一受かったら、北海道行って大空に向かって叫ぶよ、俺って頭いいーーーーーって」

「はははははは」

　あれ？

　知也は話しながら気がついた。

　そうだ、現実なんか考える必要はまったくない。無理なのは最初からわかっている。結果を考えずに何かをしたかったのだ。とにかく難しいことを最後までやり遂げることができればそれでいい。

　それにしても、君に合格は難しいと言われて、多少なりともへこんだ自分が笑えた。そのときは説明会の雰囲気に呑まれて本当に合格を目指すつもりだったのだ。

受かったら北海道に行って
大空に向かって叫んでみるよ

会計士が何をする人かよく知らなかったし、興味もない。興味があるのは、勉強が苦手な知也にとってその試験に受かることは果てしなく難しいという事実だけであった。

先のことなど考えずテキトーに生きてきた人間が、一生に一度、自分の可能性を賭けて最初で最後の努力をするため、持っている物をすべて売り払い、100%突破不可能と思われる壁にぶち当たって玉砕し、何もかもなくなった後の呆然とする姿を見て笑ってほしかった。

何かに挑戦して必死に頑張ったという思い出さえできればそれでいい。

川田に話したことで会計士試験受験の決意が固まった知也はすぐさま持っていた車やバイク、ゲームソフト、物置の中に積んであった親父の本など目についた換金できそうなものはすべて売り払い、学費と多少の生活費を捻出した。

そして2000年初めごろから資格学校に通い始めた。標準的とされる1・5年本科生である。

親を含め、周りの人々は一体何が始まったのかという顔をしていたが、その好奇の目が心地よかった。

ちなみに、1・5年本科生というのは、ある年の2月前後に入学し、春くらいまでが入門期、そこから秋までが基礎期、秋からは受験経験者と合流し、翌年の試験日まで上級期となるコースである。

基礎期が終わるまでに頑張って実力をつけておかないと、何年も勉強している受験経験者と合流する上級期になると、まったくもってついていけなくなると説明を受けた。実際、入学した人たちも受験日がくるころには半分以下になっていることが多いそうだ。それほどカリキュラムを消化するのが大変だということだった。

それを聞いたとき知也は、もって半年だなと思った。ただ、半年もてば、人生を賭けて立ち向かい半年粘ったが玉砕して無一文になったというギャグが成り立つと考えた。

Column 挫折しないための目標の立て方

ハードルは高くなくてもいい

これまで何かにチャレンジしても、うまくいった経験がなく、自信がないというのであれば、まずクリアできそうな目標から設定しましょう。

就職活動であれば「まずはハローワークのおばちゃんと話す」とか、ネットビジネスであれば「最初は月１万円を目標にする」といったところです。

高い目標を掲げてしまうと、目標に近づいているのかどうかを実感できず、途中で不安になってしまい、挫折する可能性大です。

まずは簡単なところから始めて、「できた！」という快感を味わいましょう。小さな「できた！」を積み重ねながら、最終的な目標に近づいていけばいいのです。

この方法は「シェイピング」と呼ばれるもので、高い目標を達成するために有効な方法とされています。

その2

今日の〝成長と敗北〟

受講生の若さと驚くべき講義のスピード

若っけーな、おい！　なんか俺、浮いてないか？

資格学校に足を踏み入れたとき、一番驚いたのは、会計士コースの受講生の若さだった。それまで通っていた簿記学校や、同じ資格学校にある税理士コースの受講生とくらべるとかなり若い。

受講生の多くが社会人である簿記学校や税理士コースと違って、会計士コースは現役大学生や大学を卒業したばかりの若者が中心である。

当時の会計士試験は科目合格制を導入していなかったので、社会人が働きながら勉強するのは難しかったこともあるのかもしれない。

働きながら学校に来ている人もいないわけではないが、科目合格制の税理士試験のように毎年1科目ずつ受験して何年もかけて全科目取るというやり方ができない。そのため無職の受講生と同様に全科目を同時に勉強しなければならず、あまりの大変さに大抵は途中で挫折してしまうようだった。

ちなみに商業高校で在学中に日商簿記1級を取るのはエースと呼ばれるような生徒に限られるそうだ。日商簿記1級ですらそれほど大変なのだ。

公認会計士試験は日商簿記1級にも出てくる簿記や原価計算以外にもたくさん科目があるので、ボリュームは日商簿記1級の数倍以上はある。にもかかわらずそれを働きながら1～2年でこなせと言われたら、どういうことになるのか容易に想像できるだろう。

勉強するだけならともかく、社会人として普通に働きながら1～2年で合格まで目指そうとすると、仕事も勉強も段取りを工夫して無駄な時間を極限まで減らすことが必要になる。

睡眠時間もギリギリまで削って、出勤前の早朝、移動の電車内、昼休み、トイレや風呂の中など、勉強のために、ありとあらゆる時間をかき集める。そして、かき集めた時間を3分間しか持ち時間がないウルトラマンのような気合と集中力をもって使うのだ。

それにしても、トイレの中で勉強なんかしたら、出るものも出なくなるだろうと不思議だったが、そういう神経の持ち主でないと働きながら合格することなどできないのかもしれない。

講義初日、想像していたよりはるかに明るい雰囲気の学校内を歩き回ってみた。

ほんとうに若い。久しぶりに学生に戻ったような気がしてきた。

ヤバい、なんだか妙にウキウキする。即座に横道にそれようとする知也を、心の中にいるもう一人の知也が戒めた。

おい〜、お前、何しに来てるんだ。ここでは頑張るんだろう?

あっ、そうそう、そうだった。一度外に出て気持ちを切り替えてから、知也は最初の講義を受ける教室へと向かった。

やたらレベルが高そうなので不安になった知也は、様子を見るために教室全体を見渡せる一番後ろの席に坐った。

なんだか妙に緊張しているが、最初の講義は慣れ親しんだ簿記だし、周りは簿記を知らないはずだから楽勝なんじゃないかという気がしないでもない。テキストの内容だって、だいたいは見覚えがある。

なんとなくテキストをめくっていると、ネクタイの下をシャツの中に突っ込んだガリガリで気持ち悪い目つきの講師が入ってきた。教壇に立つやいなや挨拶もそこそこに講義を始めた。

楽勝だろうという知也の希望的観測は講義が始まると簡単に覆された。すごいスピードで講義が進むのだ。受講生の若さの次に知也を驚かせたのが、この講義のスピードだった。簿記学校では例題を交えて1時間くらい解説していたところを5分10分の簡単な説明で次へと進んでいく。

はえぇ！　速すぎじゃないの、それぇ。

周りの受講生を見渡し、様子を窺《うかが》った。ほとんどが簿記を知らないはずだが、それでこのスピードについていけることが信じられない。一体どこからこんなに頭のいい奴らが集まってきたのだろう。

初っ端から大きな衝撃を受けた知也だったが、1か月くらい経ち、周りの人たちと話せるようになって、実は受講生の何割かはついていけてないことを知った。自分以外のすべてが超人というわけではないことがわかって少し安心した。

資格学校では試験日までにものすごい分量を講義しなければならないというのもあるが、それに加えて、いかに多くの合格者を輩出したかが学校の評価に直結することになる。

そのため、合格する可能性の高い優秀な人たちが最も効率よく学習できるペースになっている。だから講義のスピード

おい、何しに来てるんだ。ここでは頑張るんだろう？

がやたらと速いのだ。そもそも受講生の平均レベルもかなり高い。なので、さして優秀でない人たちがそのペースについていこうとすると大変なことになる。知也もしかり。

雨あられのように知らないことが降り注いでくる講義のペースについていくには、それをリアルタイムで整理しながら頭の中で体系的に組み立てていくことが必要になる。ちょっと油断していると、あっという間に消化不良を起こしてしまう。そうなると行き場のない情報が頭の中に散乱し、泡のごとく消え去ってしまうのだ。

理解するペースが追いつかなくなり、一度わからなくなってしまうと、そこから先は講義で何の話をしているのかさっぱりわからなくなった。そうなると講義はろくに聞かず、どうでもいい妄想タイムの始まりである。頭の中のサーキットでいろんなバイクを走らせることになった。

講義の途中で置いていかれた日は、講義が終わったあと、テキストやレジュメやメモを見直して講師が何の話をしていたか必死に解明しようとした。

よく煮詰まって奇声を発したりしていたが、簿記や原価計算については日商簿記2級まで勉強していたおかげで予備知識があり、おおよその全体像は把握していた。なので、初めて聞いたことも頭の中で整理しやすかったし、たとえわからなくなってしまっても、解決のための取っかかりが比較的スムースに出てきた。わからないことがあっても、わりとすぐに解決して、理解につなげていくことができた。

逆に予備知識がない科目はそういう取っかかりがなくて困り果てることがよくあった。何がわからんのかがわからんという状態だ。そんなときはわかることが出てくるまでテキストやレジュメを遡ってそこから読み返したり、講師に何回も聞くなどしてどうにかするしかなかった。

予備知識のない科目は簿記や原価計算にくらべると、勉強を始めた当初は相当無駄な時間を使っていた。勉強していて一番無駄でストレスを感じる時間は、そういう消化不良を起こしている状態から次に何をしていいのかわからず考え込む時間だ。勉強を始めた当初は勉強時間のうち半分以上はそういう無駄な時間だった。何度もブチ切れてペンを机に叩きつけた。

こういう時間はできるだけ少ないに越したことはない。時間を浪費するだけでなく、その果てしなくでかいストレスが勉強している者を挫折へと導いてしまうからだ。知也もそのストレスに負けそうだったが、試験科目の中で最もボリュームのある簿記と原価計算について多少なりとも予備知識があったことが幸いし、どうにか踏みとどまれたのだ。

無駄な緊張を解きほぐせるか

時間はどんどん進んでいく。なのに答案はほぼ真っ白。書きたいことはあるのに書けない……。手が動かないのだ。このもどかしさ……。

リラ〜ックス、リラ〜ックス、腹式呼吸だ。

斜め前に座ってる女の子の網タイツに目をやる。それでも右手は石のように固まっている。ダメだ……書けない。

会計士試験の勉強を始めたばかりのころ、講義のスピードに加えて知也を苦しめたものが自分の右手だった。うまく動かないというか、すぐに書けなくなってしまう。

会計士試験は簿記や原価計算のような計算科目と監査論や財務諸表論のような理論科目に分かれている。

計算科目は計算して出した答えを書くことが主で、長々と文章を書くことはほとんどない。これに対して理論科目は限られた時間のなかで2000字以上も記述しなければならないことがある。

それなのに、2000字どころか普段の講義の前に行なわれる15分で200字程度のミニテストですらまともに書くことができなかった。3行か4行書くと手が疲れて極端に書くスピードが遅くなる。そして手が震え始め、そのまま無理矢理書き続けると首まで震えた。当然めちゃくちゃな字になって、もっと丁寧に書けと何回も添削された。

体まで勉強を拒絶するとはさすが俺だ。まさかこんな理由で文章が書けないとは自分でもびっくりだ。

力が入りすぎているのだろうと思って、リラックスするために思いつくことをいろいろやってみた。が、ほとんど効果がなかった。右手と悪戦苦闘する日々がしばらく続いた。しかし、いっこうにうまく書けるようになる気配がない。いや〜、どうにもならん。もう無理だぁ。

まだ2か月くらいしか経っていないが、本気で勉強をやめたくなった。このまま講義を

いや〜、どうにもならん。
もう無理だぁ

受け続け、仮に多少なりとも頭では内容を理解したとしても、手が動かないのではいつまで経ってもまともな答案が書けない。

書きたいことを書いたうえで添削されるのならいいが、考えたことの半分も吐き出せていない答案を真っ赤にされるのは耐え難い思いだった。

知也が諦めかけたときに頭の中で蛍の光が静かに鳴り響いた。「ほたーるのひかーり、まどのゆーき～」ってことは……やめどき？

なぜかはよくわからないが、今までもバイト先で、やめどきになったときや東京での生活を諦めて地元の名古屋に帰るときなどに蛍の光が鳴った。知也の頭は潮時を迎えると蛍の光が鳴る仕組みになっている。有松駅から家に向かう細い道、知也は天を見上げた。

そうか、鳴ったか。これもそろそろこのへんで終わりかな。

家に着いて勝手口を開けようとしたとき、隣のマンションと塀とのわずかな隙間から駐車場が見えた。そこにあるのはボロボロのマーチだけだった。

そうだ、車、売っちゃったんだ。

ちょっと待て、これじゃまだ玉砕とはいえないぞ。手が動かないからたった2か月で諦めるというのでは中途半端すぎて笑えない。だいたい1・5年分もお金払っちまってるじゃないか。ここでやめたらただのバカだ。どうにもならないことがはっきりするまでは悪あがきするしかないだろ。

誰か俺に手の動かし方を教えてくれ。いや、こんなこと誰かに相談したところでペン習字をやれとか言われるのがオチか。

手に力が入りすぎっていうのは確かなんだよな。そういえば昔から筆圧はすごく高かったっけ。だから速く書くのは苦手だし、そもそも長い文章なんて今まで書いたことないから、書く筋肉の使い方が下手なんじゃないかな。

しかもタイムリミットが近づくとパニクるから全身カチカチになってくし、書けるわけないよな。何かいい方法ないかな。理論科目のテストを受けるたびにどうにかして力を抜く方法はないかと悩む日々が続いた。

ある日、名古屋駅地下の文房具売り場を通り過ぎようとしたとき、無意識に足が止まった。足が止まった理由はそこにあったボールペンのキャッチコピーが見えたからだとすぐにわかった。そこには〈太い柄《え》でらくらく書ける〉とある。

これだ!

即座にそのボールペンを買った。試してみると、柄が太く、力が分散するせいか普通のボールペンよりは楽に書ける。

なるほど道具か、道具を工夫してみるか。思えばテニスラケットだって初心者用は軽くて面がでかい。だったらボールペンだって初心者用のものを作ればいい。

知也はすぐに大きな文房具店へ行き、そこにある一番柄の太いペンを買って、それに東急ハンズにあった、やや堅いスポンジラバーをペンの持つ部分に巻きつけ接着した。そして、握りやすいようにナイフで形を整えた。

できた！

大きなものを持つ感覚なので力が入りにくい。さらに柄の上部に志村けんのバカ殿ステッカーを貼った。

「おー！　書ける書ける」

ラバーがふわふわするので多少字は汚くなるが、入りすぎた手の力をうまく吸収し、こっちを向いたステッカーのバカ殿が過度の緊張を緩和する。まだまだ充分ではないが、それまでよりはずいぶん書きやすい。おかげでミニテストくらいなら何とか書けるようになった。

知也がそのおバカなペンを使って一生懸命ミニテストと格闘している姿を

目標を達成する方法

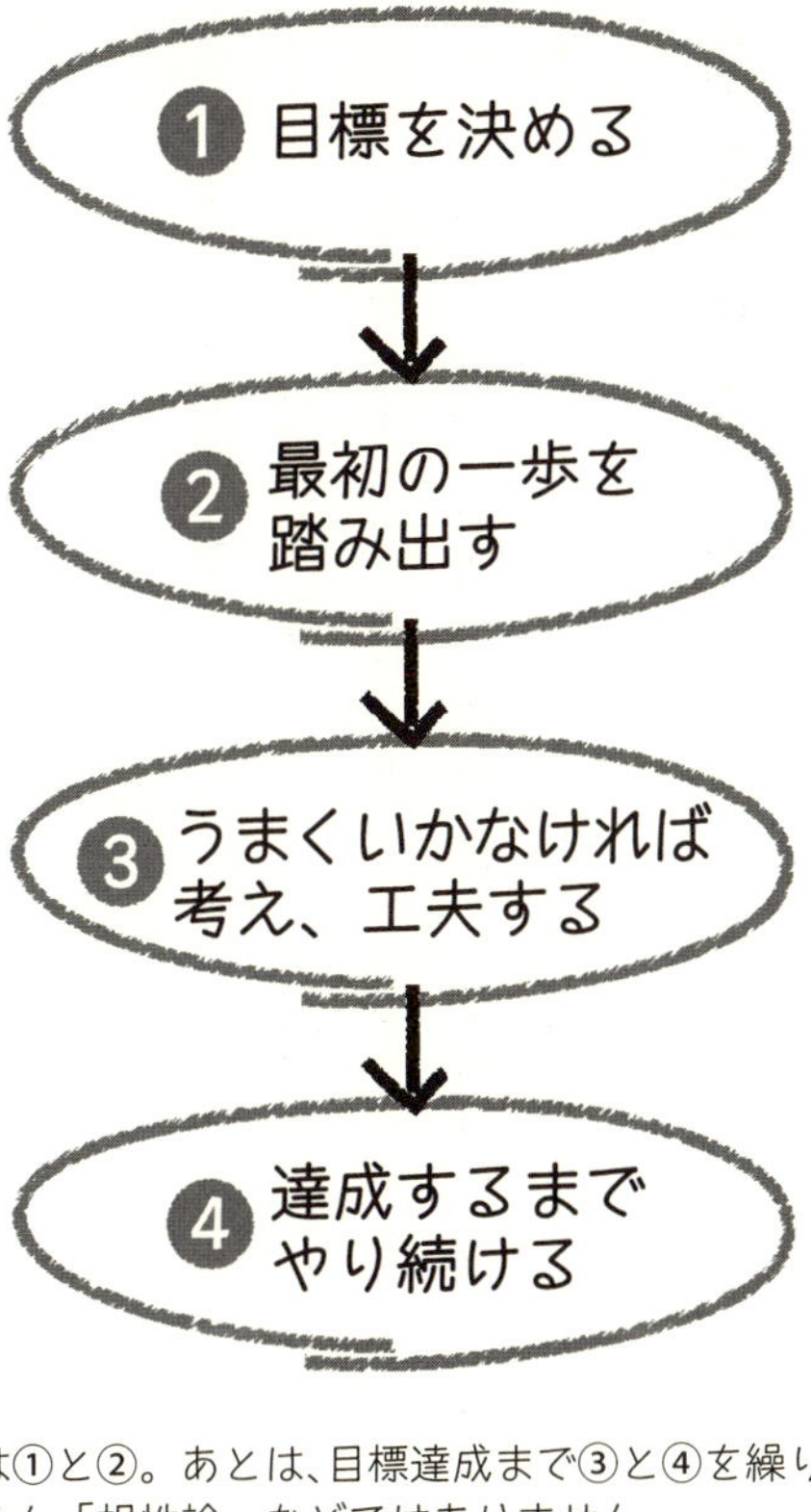

1 目標を決める
2 最初の一歩を踏み出す
3 うまくいかなければ考え、工夫する
4 達成するまでやり続ける

まずは①と②。あとは、目標達成まで③と④を繰り返すだけ。
もちろん「根性論」などではありません。

見ていた勉強仲間の松原が話しかけてきた。

「なにそのペン、ちょっと貸して」

ペンに注目してくれたことが嬉しかった。

「どうよこれ」

「おー、これいい！　俺の分も作ってくれ」

そのころ少しずつ勉強仲間が増えつつあるころだったが、そのペンのおかげで話ができる友だちがだいぶ増えた。いろいろ相談できる友だちが増えてきたころから、だんだん手の力も抜けて普通に書けるようになっていった。

もしかしたら書けなかった一番大きな原因はテスト漬けになる資格学校の環境に慣れていなかったことかもしれない。きっと無駄に緊張していたのだ。

「挑戦するだけ」でいいのか

公共交通機関もないエチオピアの高地に生まれ、どこへ行くにも自分の足という環境で毎日走り回ってたくましく育った青年と、子供のころから身のまわりの世話は執事にやってもらい、お出かけは運転手付のリムジン、いいものを食いすぎてアザラシのような体脂肪率になってしまったおぼっちゃまがいる。おぼっちゃまは2階の自室へ行くのにもエレベーターを使う。階段など使おうものなら大粒の汗が噴出して、そのたびに着替えが必要だ。

1年後のマラソン大会で二人は勝負する。エチオピアの青年にはそこらへんのマラソン好きのおっさんをコーチに付けて練習させて、おぼっちゃまには超一流コーチを付けて最高に効果的な方法で練習させたとする。

どちらが勝つか。

考えるまでもなくエチオピアの青年だろう。基礎体力が全然違うからだ。どれだけいい練習方法で努力したとしても、圧倒的な基礎体力の差はそう簡単に埋めることができない。それと同じことが勉強にもいえる。

資格学校に入ってしばらく経ち、だんだん内容が難しくなってくるとともに、優秀な奴らが頭角を現してきた。彼らのそばにいると、そのすごさがよくわかる。知也との能力差は歴然としていた。

「なんじゃこりゃ。あいつら、一体どうなっているんだ」

資格学校の共有スペースにある掲示板を見て知也は絶句した。

資格学校ではほぼ毎日ミニテストや答練など何らかのテストが行なわれ、

その講評が掲示板に張り出される。そこには平均点やミスの多かった問題、今後注意すべき点などの情報に加えて成績上位者が発表される。否応なしに、彼らと自分との圧倒的な点数差が、そこでわかってしまうのだ。

毎日毎日すべてのテスト結果で圧倒的な差を見せつけられる。

同じ講義を聞いて同じような時間、勉強しているはずなのに、なぜここまで差がつくのか。内容はどんどん難しくなっていき、知也の点数はどんどん下がっていくのに、どういうわけか彼らの点数はあまり変わらない。

日商簿記2級のアドバンテージがあったはずの簿記や原価計算でさえ2か月も経たずにあっさり追いつかれてしまった。

一体これはどういうことなのだ。何なんだ、これは。

資格学校に入った当初、ある講師から「合格に必要なのは頭のよさではなく正しい方法での勉強を試験日まで継続することだ」と聞かされた。

「成績の差は勉強方法と努力の差に、ほかならない」「正しい勉強方法はここで提供するから、あとは講義のペースに遅れないよう努力するだけだ」と。

ふんふんと表向きは肯いていたが、内心は違った。

いや〜わかってねえな〜。所詮、頭のいい人の発想だね。頭よすぎてバカであることがどういうことなのか想像できないんだろうな。

たしかに勉強方法は重要である。難関試験の勉強を闇雲にやったのでは、いつまで経っても合格することはできない。しかし、そもそもバカは理解力や記憶力など勉強を順調に続けるための頭の基礎体力が圧倒的に足りていない。だから、いくら正しい方法で努力しても成果はたかが知れている。

おおむね予想はしていたものの、ここまで違いを見せつけられるとショックは大きかった。その差は単純な努力で埋められる程度のものではないことは明らかだった。

勉強のやり方だけをどう工夫したところで、知也が優秀な勉強仲間に勝つことはできない。それは直感的にわかる。

「一」を聞いて「不正確に、二か三くらいを想像する」のがやっとの知也が、どうやって「十を正確に知る」ような人を倒せというのだろうか。

資格学校には10年以上いるといわれるエロ顔のナンパおじさん、鉢巻していつも新聞を広げている自習室の主のように、そのままでは１００年勉強しても受からないだろうと思わせるような奴も少なからずいる。やり方さえ正しければ誰でも合格できるというわけではない。

どんなにいい方法で、死ぬほど頑張ったとしても、ある程度はベースとなる能力の差を埋めないと、優秀な人たちと対等に戦うことはできない。

どっしり構えて長い年数をかけて知識を溜め込みながら頭の基礎体力がついてくるのを待つというやり方が通ればいいが、資格学校の主みたいな奴が存在するという事実がその答えを教えてくれている。

資格学校に通い始めた当初は本気で公認会計士試験に合格しようなどとは思っていなかった。挑戦しているという事実だけで満足だった。

しかし、優秀な仲間たちの目標を達成しようとする姿勢に触発された知也は、自分もあわよくば合格したいと思うようになっていった。

そうなると、どうにかして彼らの中に割って入りたい。それには正しい勉強方法と努力だけでなく、何らかの方法で能力の差そのものを埋めないと彼らには到底かなわない。

「頑張っているおっさん」を演じる

資格学校に入った当初から気になっている人がいた。一番前の講師正面席に座り、左手で字を書きながら右手で激しく電卓をたたき続けている左利きのハーフっぽい男だ。

とある女性人気講師の短いスカートなど目もくれず、まるで新聞記者のような目つきで授業を受けていた。彼が講師に質問するときは、まさに取材をしているかのようだった。

誰かに聞くまでもなく、彼が小杉という名前であることはすぐにわかった。ありとあらゆる答練の成績上位者に名前を出し続けていたからだ。

一流大学から大手商社へ就職したが、なぜか辞めて公認会計士を目指しているらしい。相当できるという噂だ。

優秀な奴らをして相当できると言わしめるということは、きっと頂点レベルの男なのだろう。たしかに一人だけ別格的オーラを放っている。

どうにかして友だちになって、この生物をよく観察したい。頭の中がどうなっているのか知りたい。

時が経つにつれて、しだいに小杉さんの周りにはできる人が集まっていった。類は友を呼ぶという現象だ。

資格学校に来ている人たちが全員優秀なわけではなく、なかにはろくに勉強もせず遊んでいるのもいて、むしろそういう奴らのほうが親しみを感じた。まさに知也を呼んでいた感はあったが、知也は敢えて近づかなかった。

もちろん一緒に遊びたいという思いもなくはないが、生まれて初めて、みずから本気で頑張ろうとしているわけだし、自分で授業料を払っている以上、それをどぶに捨てるようなマネはしたくなかった。

資格学校で知也が最初に話しかけた横山は運よく本気で勉強しに来ている人だった。とりあえず彼と仲良くしておけば勉強側の人間だとアピールできるだろう。そして彼を起点として小杉さんたちへ接近できるのではなかろうか。そうすれば自分とどういう差があるのか知ることができるだろう。

知也は人生の一発逆転を目指して必死に頑張っているおっさんを演じ、好印象をゲットすることでだんだん彼らと仲良くなっていった。

基礎期に入ってしばらくしたころ、知也は小杉さんたちの仲間にうまく入りこみ、小杉さんともちょくちょく話すようになっていた。

講義後、いつものように小杉さんたちと資格学校の共有スペースにある答練返却コーナーに向かった。今日返却される答練はこれまでと違ってかなり難しい。はたして小杉さんはどのくらいの点を取るのだろう。

優秀な人間との差は
どうやったら埋まるのか…

「小杉さんまた100点すか。よ、よくそんな点とれますね」

小杉さんの答案を見たとき、尊敬と落胆が入り混じった気分になった。

「まだ基礎だからですよ。この時期ヒネった難しい問題は出ないはずだから、いかにミスらないかということだけ意識していればいいだけですよ」

「あ、あ～そうですか」

ほんとにそういう問題か？　俺にはこの問題さっぱりわからんかったぞ。よくそんなことサラっと言えるな。

「たとえば、ここが……」

「うん。たしかにそこはこちらの論点と似てますよね。論点を勘違いすると間違っちゃうかもしれないですね」

あれ？　なんで俺が聞こうとしてることがわかるんだ？　あんたはエスパーか。

「ちゃんと整理しとけば大丈夫ですよ」

え？　どういうこと？　何を整理するの？　よくわからんけど、とりあえず聞いてみるか。

「そ、そうですよね～何かいい整理方法ないですかね～」

「やり方はいろいろあるので人それぞれですけど、たとえばテキストの目次を頭の中に入れて論点と紐付けるとかですかね。要はインデックスがあれば整理しやすいですし、探しやすいですし」

「なるほど～そういうのも手ですね～」

知也はわかったようなフリをしてひきつった笑顔を浮かべた。

小杉さんと話してるとよくこういう状況になった。

こっちが言いかけたことの話の展開が既に予測されていて、話が切れるやいなや、二歩も三歩も進んだ返答が返ってくるので、会話のスピードについていけなくなる。彼のそばにいると、もしかしたら自分はちょっと頭のいいチンパンジー程度なのではないかと思えてくる。

小杉さんは異常に要領がいい。やるべきことを正確に見極めて、優先順位をつけて的確に時間や労力などの資源を配分していく。だから無駄がない。最小限の労力で最大限の効果を最速で引き出している。

同じ講義を受け、おそらく同じようなやり方で同じような時間だけ勉強しているのに、理解の度合いが全く違う。問題を解く場合も同様で、基礎的な講義しか受けていないのに、発展系の応用問題が解けてしまう。

知れば知るほど愕然とするくらいの能力差を見せつけられ、やはりＤＮＡの違いは如何ともしがたいと諦めの気持ちにもなった。が、どうにかして多少は近づきたい。小杉さんは別格としても、それに近い優秀な奴らはゴロゴロいる。合格のためには彼らに割って入る必要がある。

愕然とする能力差が諦めの気持ちにさせた。

それにしても、なぜこんな違いが生まれるのだろう。その根本的な原因はどこにあるのだろう。

彼らの多くは有名な進学校から一流大学に入っている。同じような道を進めるということは自分にはない何らかの共通点があるはずだ。

なぜ「置いていかれてしまう」のか

「知也さんってボーっとしてること多くない？」

知也は急に話を振られると即座に反応できずに固まることがよくある。

「ちょっと別のことを考えてたから……」

なんて誤魔化してはいたが、実際は何も考えていないことがほとんどだ。周りを観察してみると、知也以外は急に話を振られても、なんだかんだ自然に応えている。なんでそんなスムースに話が出てくるのか不思議だ。まるで次に話す内容を予知して事前に準備でもしているみたいに思える。

話はだいたい聞いているつもり。でも急に振られると何も出てこない。聞かれると何の質問なのか一生懸命考える。まずそこでだいぶ時間を使う。

仮にどういうことを聞かれているのかだいたいわかっても、過去に同じようなことを考えたことがなければ、そこから自分なりの意見をまとめるまでには至らず、無難な返答をするのが精いっぱいだ。

家に帰ってきてから落ち着いて考えると「あぁ、あのときは、こう答えればよかった」なんてことがよくあった。

ある日、四、五人で弁当を食べながら世間話をしていたが、途中で置いていかれて弁当に集中している自分に気づいた。

あ、また置いてかれた。

帰りの電車でそのときの状況が思い浮かんできた。あいつらほんと頭よく動くよな〜。常に何か考えてるのかな。

んっ？　常に考える？　あっ、そうかそれか！　それが共通点だ。

頭の回転が違うといえばそれまでだけど、とにかくあいつらはよく考えているんだ。考える絶対量が知也とは段違い、それが彼らの共通点だった。

まれに、見たものをカメラのように頭の中に焼き付ける超人的な記憶力をもつだけで、あまり考えていない奴もいたが、そういう例外を除き、できる彼らの多くがとても考えている。しかもそれが自然だった。

何か聞いたときに「ふ〜ん」とか「へ〜」だけで終わってしまう知也と違って、その話に関連する、さまざまなネタを瞬時に頭の中で検索する。

それがほかのネタとどのようにつながっているかとか、似たようなネタはないかとか、そのネタとほかのネタを組み合わせればこうなるのではないかなどの仮説を立てるといったことを、あらゆる情報に対して特別に意識せずに素早く自然にやってのけている。つまり、脳みそのフットワークが知也にくらべて格段にいい。

友人の川田から「これ美味しいよ」と木箱に入った牛肉をもらったとする。その高級そうなパッケージの霜降りの肉を見て「ほんと美味しそうだね」だけなら、そこで終わってしまうだろう。

ところが、もし、これはどこの部位なのか？　販売会社はどこか？　産地はどこか？　と考えれば、無意識に箱のラベルを探すかもしれない。そして、あれ、この販売会社は、どこかで聞いた覚えが……。そういえば、この前、ニュースで……。これ産地偽装じゃね？　と気がつくことになる。

そうすると次に、なぜ川田はこの肉をくれたかということが疑問になる。川田は雑だがとてもいい奴だ。悪気があったとは思えない。そういえば川田の親父は食品の卸売会社で働いている。ということは問題が発覚して販売できなくなった商品を大量にゲットしたのだろう。それで川田がタダでくれたのだと推測して、電話をかけると案の定、

「おぉ、そうだよ。産地偽装だよ。でも国産で遺伝子的にはほとんど差がないから実害ないでしょ。美味しいよ」

「おい～ちょっと待て～」

身近な牛肉を例にすると「誰でもそのくらい考えるよ」と思うかもしれないが、もっと概念的な難しい話になると、なかなか牛肉のようには思考が広がらない。

傍《はた》からみれば、できる人は直感的に難しい問題の答えを見つけているよう

に見えるが、よくよく観察してみると必ずしもそうではない。たしかに、与えられた問題に関連する情報のつながりと似たようなパターンが既に頭に入っていて、その既知の法則から瞬時に解を見出している場合もあるのだろうが、知らない問題にぶち当たっても、それに関連するさまざまな情報を検索し、それらを組み合わせて出てきた仮説についていろいろな可能性を考えたうえで、一つ一つ検証して最も妥当なものを答えとしている。

それを自然にやってのけるし、やたらと速い。だから的を射た答えを短時間で直感的に見つけているように見えるのだ。

いつだって人は成長できる

しかしこの差はどうしたものか。もしかしたらＦ１と軽自動車のように、優秀な勉強仲間と自分とでは、そもそもの造りが違うのではないだろうか。頭の中は別の部品でできているのではなかろうか。だとすれば能力差は絶対に埋められないのではないだろうか。

でも……八洲男はどうしたのだろう。いつのまにか会社なんか経営してやがるが、あいつだって俺と同じように優秀ではなかったはずだ。

あんなバカが、なんで宅建だの建築士だの取って、しかも会社なんか経営できるんだ？

お盆休みに知也はいつものCOCO'Sで久しぶりに八洲男に会った。お茶を飲みながら他愛のない話をしていたが、資格学校での出来事を話している流れで、周りとの能力差に苦しんでいるということを八洲男に打ち明けた。

「いくら勉強のやり方を工夫しても、努力しても、ベースが違うからどうにもならないよな〜」

「…………」

八洲男は目を大きく見開いたまま、数秒間、電池が切れたかのように静止した。

「知也がそんなこと言うなんて、びっくりだ」

「びっくり？　なんで？」

「なんか、突然、難しい勉強を始めたと思ったら、ずいぶんマトモな悩みを抱えるようになったよな〜」


「ずいぶんマトモな悩みを抱えるようになったよな〜」

「ちょっとそれ、バカにしてんのかよ」

「いやいやそうじゃなくて、ちょっと前にもこれからの人生どうしようみたいなこと言ってたし、最近変わったよね」

「う〜ん、変わったのか、変わらざるを得なかったのか」

「いいと思うよそれで。で、さっきの続きだけど、俺も最初は知也とおんなじように思ったんだよ。でもね、経験から言わせてもらうと、そういう能力差って意外と何とかなるんだよ」

どうせ同情的なことを言うのだろうと思っていた知也は、八洲男の思いがけない返答に驚いた。

「いや、そんなあっさり言われても」

「だって人間は機械と違って成長できるから。もちろん伸びしろは人によって多少違うけど、資格試験の勉強のために必要な能力くらいなら何とかなるんじゃない」

「成長？　もうとっくに止まってるけど」

「大丈夫。今からでも走る練習すれば、そのうち、それなりに走れるようになるでしょ。ずっと考えていれば、いつかはもっと速く正確に考えられるようになるよ」

そうだ。たしかに伸ばしたい能力を明確にして、そこに効くようにトレーニングすれば体は必ず反応するって、昔、体育の先生に聞いたっけ。だとすれば、筋肉であっても脳であっても同じということか。

人間の中には成長を促す仕組みが組み込まれていて、それを起動して動かし続けることができれば人は必ず成長するということか。それなら今からでも多少は頭がよくなる可能性があるということになるな。

「筋肉の発達と同じようなものってことだよね」

「そうそう頭も同じ、しかもそれって漠然としたものではなく、生理的なメカニズムとして細胞レベルに変化があるらしいよ」

「ふ～ん、あ、でも頭いい奴って子供のころから、もともと頭よかったりしない？」

「まあ天才は別として、そういうのも大抵は子供の成長を促すような家庭環境があったとか、本人の頑張る性格とかによって後天的に能力を獲得しているらしいよ。先天的なものってもちろんあるけど、能力差って結局、大部分が成長システムを動かし続けた結果にすぎないいんじゃないかな、『継続は力』

「追い込まれれば、とんでもない力が出ることもある」

っていうか執念だよ」

「執念って？」

「継続するってそれなりに大変じゃん。山あり谷あり、いろいろあるわけだし。それでも続けるためには、何があってもできるようになってやろうっていう執念が必要って意味」

「執念か〜。それはあんまり自信ないなぁ。なにしろ俺もともと無気力部族出身だから」

「まあね。そしたら続けるための工夫するかだな。でもやっぱ執念を生みだす気力って大事だと思うよ。だって世の中見ても何かをずっと続けて大きなことを達成した人って、だいたい気力むんむんな感じじゃん」

「あ〜そうだね。学歴とかなくても気力だけはすごそう」

「てことは逆にいうと、気力が充実してて成長システムを動かし続けることのできる執念さえ維持できれば、学歴とか過去の経歴とか気にすることもないってことだよ」

「その執念だけど、気力が足りなくても湧くのかな？」

「知らねえよ。ただ、人は追い込まれれば、とんでもない力が出ることもあるし、人生何が起こるかわからないから、知也でもいつか気力むんむんになる日がくる可能性もないとは言えないなぁ」

「うわ、なに、その言い方。まぁなんか工夫してみるよ。それにしても人間が成長できるなんて話どうしてそんなに詳しく知ってるの?」

「どっかの本に書いてあったんだよ。もちろん俺だって最初からそれ信じてたわけじゃなくって、大好きな建築の仕事を続けたかったのと家族や応援してくれている人たちのために必死でもがいていたら、昔できなかったことが、いつのまにか、できるようになっていくことに気づいたんだよ。あっ、ほんとに成長できるんだって」

「へ〜」

「難しく考えなくても積極的に自分から何かを始めれば、人体はそれに適応しようとするように作られているんじゃないかな」

「そういえば、前に日商簿記の勉強してたとき、だんだん楽に勉強ができるようになっていったっけ。ああいうことか」

「そうだよ!　だから知也もできる人と今の自分をくらべて、諦めることはないよ。まあ追い越すのは無理かもしれないけど、うまいことやれば差は必ず縮まるから」

遠い道のりではあるものの、どうにもならないと思っていたことが解決できるかもしれないと知って鳥肌が立ってきた。八洲男に相談して本当によかった。知也は初めて八洲男に尊敬の念を抱いた。

肉体も脳も「好奇心」で変化する!?

高校生のころ見た映画コマンドーに主演していたアーノルドシュワルツェネッガーの剛力に感銘を受けた知也は、お年玉でバーベルセットを買ってトレーニングを始めた。

最初は棒を持ち上げるだけで重かったが、そのうちプレートをつけて持ち上げられるようになり、もやしのようなみすぼらしい身体が徐々に筋肉質の体へと変化していった。

肉体を鍛えることによって体内の成長システムが起動し筋肉が発達するなら、頭だって同じと考えてもおかしくはないな。

うまくトレーニングすることによって筋肉が効果的に発達するなら、うまく頭を動かせばもっと速く深く考えられるようになるはずだ。

そうすれば小難しい話になっても、できる人のようにスラスラと関連する情報を引っ張り出して、精度の高い仮説を立てたり、法則を見出したりできるようになるはずだ。

勉強の合間に、八洲男から聞いた人間は成長できるという話を思い返しながらリビングのソファに寝っころがってマッスル&フィットネスをペラペラめくっていた。

考えるか〜。考える。考えるね〜。思考せよ！……昔、何かそんなこと言ってた奴いたな。あ、予備校の講師か。だいぶ前だな〜。1990年あたり、大学受験浪人時代に通っていた予備校にいたカリスマ講師。表先生だっけ。英語の担当なのに政治や経済の話をするのが好きな先生で、その偏った思想と過激な発言は賛否両論だった。

イデオロギーがどうとか北朝鮮がどうとか英語と関係ない話をたくさんしていたが、あまり興味がなかったこともあり、話の内容はほとんど覚えていない。ただ「思考せよ、思考せよ」とたくさん言われたことだけははっきりと思い出してきた。

闇雲丸暗記とかじゃなくて、モノゴトの関連性に目を向けろとかうるさく言ってたっけ。今思えば結構ちゃんとしたこと言ってたんだ。てきとーに聞き流してたけど。もっとちゃんと聞いとけばよかったかな。

そうだよな～。何か聞いたら「ふ～ん」で終わったらだめなんだろな。つながりか。いろんなモノゴトのつながりを意識しながら考えることが必要ってことか。たしかに優秀な奴らって自然にそんな感じだよな。俺にはなかったな～そういうの。

小中高、浪人時代にそれなりに勉強したにもかかわらず、成績は伸びず、頭もよくならなかったのは、きっと何でもかんでも丸暗記を試みるだけで、なぜそうなるのかといった背後にある理論や法則、他の情報との関連性に、まったく目を向けなかったから、頭の中で情報を整理して体系的に組み立てたり、自由に連携して操作する能力が発達しなかったのだろう。つまり頭の使い方、考え方がよくなかったのか。

ちゃんとトレーニングして力持ちになれたのなら、ちゃんと頭を使えば頭だってもう少しは良くなるはずだ。

「お前は何も考えてない」

大学を出てすぐに働き始めたクレバーハンズで店主の小倉氏から、よくそう言われたことを思い出した。自分なりに一生懸命考えていたつもりだったので、これ以上何をどうすればいいのかとうろたえるばかりだった。

それから何年も経ち、できる人と自分を比較することで、いかに自分が考えていないかということがよくわかってきた。

小倉氏は、「大事なのは知識ではない。知らないことは知ればいいだけのことだ。重要なのは考え方だ」と、ことあるごとに言っていた。その言葉の意味が何年も経ってやっとわかってきたのだ。

小倉氏はトラブルシューティングがやたらと速くて正確だった。あっという間に、しかも正確に故障箇所を特定できる。単なる職人技としか見えていなかったが、実はそれもできる勉強仲間が難問を解くときと同じような思考過程を経ていたのではないだろうか。

外観やプラグ、エアクリーナー、排気口、音や振動などを観察した結果とこれまでの経験から得た、事象と故障原因のパターンを比較しながら、トラブルが起こっていると思われる範囲を推測していく。

その推測に基づいて関連する部品の状態を観察する。さらに観察した結果からトラブルが起こっていると思われる範囲を、より限定していく。これを繰り返すことによって故障箇所を正確に特定することができる。

もちろんそれまでの経験によって、法則つまり蓄積された故障のパターンに当てはめて、すぐに故障原因がわかる場合もあるが、そうでない場合でも知也とは比較にならないほど速くて正確だった。

現状を正確に把握して、過去の経験も踏まえながら、そこから導き出される仮説を一つ一つ検証していく。

そして段階的に故障箇所を特定していく。そうやって検証しながら特定した一つの故障のパターンは新たな経験として取り込まれる。

故障の原因を見極めるためにすごく考えているのだが、あくまで素早く自然なので、考える癖のない知也からみると直感的に仕事をしているように見えてしまう。

どんな世界でも、できる人に近づくためにはその状況にふさわしい考え方であることと、考えた結果、行き着いた法則性を経験として取り込むことが必要なことはなんとなくわかってきた。しかもそれを四六時中繰り返し、積

考えることの大事さが、
やっと、わかってきた。

み重ねていくことが必要なようだ。

しかし、なんでそんなめんどくさいことを自然にできるのだろう。何も考えないで、のほほんとしているほうがはるかに楽じゃないのか。なんでそんなにたくさん考えるんだろ。

マッスル＆フィットネスを顔に被せたまま、なんとなく、そんなことを考えていたところ、そのまま寝てしまっていた。


数十分くらい経っただろうか。

暑い！

あまりの暑さで目が覚めた。母ちゃんが出がけにクーラーを切ったので室温が急上昇し、とてもではないが昼寝どころではなくなってしまったのだ。

再びクーラーをつけ、冷蔵庫を開け麦茶を探した。

テレビをつけると、どこかの学者がおばさんと対談していた。ボーっとしながらなんとなくそれを視ていた。

おばさんは学者に、どうしたらあなたのようになれるかと聞いた。

その学者は一言、「好奇心」と言った。

なるほど。そうだ！

一気に覚醒した。好奇心がなければ疑問が生まれることもない。疑問がなければ何も考えることはない。考えなければ考える力は発達しない。知也に考える癖がなかったのは好奇心が足りなかったのだ。

そういうことか。俺、基本、無気力無関心だもんな。考えないわけだ……。

知也は妙に納得した。

考えるためには常に疑問を持つことが必要だ。何でもかんでも「へー」で済ましてはいけないのだ。足りない好奇心をどうにかしろと言われても、ないものはどうしようもないが、それを意識して敢えて疑問をもつように心がけることで考える練習くらいはできるだろう。

とりあえず勉強仲間の真似をすることから始めてみた。

優秀な勉強仲間が何に疑問をもって、その疑問をどうしているか、よく観察した。

できる子に近づくにはできる子の真似をすればいいのではないかと考えたからだ。そうやって好奇心を育てて疑問の多い人になるのだ。

俺、基本、無気力無関心だもんな。

社会や経済情勢など何の興味もなかったが、周りがそうしているので母ちゃんに頼んで新聞は経済紙に変えてもらった。

最初は読んでいるうちに吐きそうになったが、頑張って読んでおくと勉強の合間に仲間との議論に参加できる。もちろん付け焼刃的な知識では到底太刀打ちできないが、その場にいるだけでいろいろなことがわかった。

あの記事はそういうことを言っていたのかとか、そういう考え方もあるのかとか、あの記事とあの記事は、そんなふうにつながっていたのかなどである。一つの記事から、さまざまな情報に連携していく。

勉強仲間はいろいろと考えながら話をしてくるので、それに合わせるためにはこちらもそれなりに考える必要があった。

朱に交われば赤くなるとはよく言ったものだ。よく考える人の中にいると、だんだん考える癖がついてくる。

当然それなりに疲れたが、バカの知也がエリートたちと表面上でも対等に話ができていることに一人興奮し、ネタを仕入れるために情報誌を立ち読みしたり、それまで見ることのなかったニュースを見たりするようになった。

これまで社会や経済関連のニュースは意味不明だったため全く興味がなか

ったが、意味がわかってくるとだんだん興味が湧いてきた。

そうすると、もう少し知りたいという欲求にかられ、勉強の暇をみては情報収集に奔《はし》った。そうやって得た知識から自分なりの考えをまとめ、勉強仲間にぶつけてみた。

彼らのほうが遥かに頭がいいので、知也の考えの稚拙さが浮き彫りになるだけのことが多かったが、それでも、自分で立てた仮説を採んでもらうことで、そこに至るまでの情報のつながりが強く頭の中に残ることがわかった。

仲間と自由に考えをぶつけることができる環境ができてくると、議論は勉強に関係するテーマへと広がっていった。

聞いてもすぐ理解できないような難しい理論が出てきた場合、まずは自分で調べたり考えてみたりするが、どうもしっくりこないようなときは勉強仲間や、ときには講師も交えて議論した。

そうすると、自分の考えの間違っている部分や、不充分なところが補足されて、結論と共にその背後にある法則性が強く頭に残った。

情報収集して仮説を立てる。そして仮説を検証するという過程を繰り返すことで、考えるということに慣れるとともに、必要な知識や理解を蓄えることができた。

　そうして資格学校に来てからしばらく経ったときに自分の頭が少しずつ変化しているのに気づいた。だんだん考えるという行為が自然にできるようになってきたのだ。

　資格学校に入るときには、もって半年だと思っていたが、自分の頭が変化するという当初予想していなかった事態により、まだまだここでの勉強を続けられそうだと感じた。

　とはいえ、知也が数か月程度で秀才に変化するはずはなく、周りの優秀な仲間と同じようにというまでにはいかない。

　それでも常に考えることを意識できるようになってから知也の情報処理能力は飛躍的に高まっていった。はっきりと実感できるくらいに頭がはたらくようになった。

　結局、できる人に近づくには彼らの仲間になり、彼らの真似をするのが一番手っ取り早い。そのためには、まずは見よう見まねで真似をして、彼らと同じエリアにどうにかして自力で入り、類は友を呼ぶという現象に従って彼らに接近するのである。

「綺麗なノート神話」の崩壊

知也が通った中学は丘の上にある。夏は行くだけで汗だくになる。当時はクーラーなどという贅沢品は設置されていなかった。

ある真夏の日、教室に入ると無数の下敷きが団扇代わりに揺れていた。始業のチャイムが鳴って数分後、教室のドアが乱暴に開かれた。それと同時に、揺れていた無数の下敷きはピタっと止まった。

風邪で休んだ担任の代わりにやってきたこわもての木谷先生が無言で教室を歩き回った。体罰に過敏な今と違って、当時は何かあるとぶん殴られるのも普通だった。その先生は空手の有段者で悪ガキを含め、誰も逆らうことができない。先生が歩き回っている間、恐怖で教室は静まり返っていた。

先生はなぜか知也の横で止まった。

よりによってなんでそこで止まるの？

んっ？　何？　俺何かやったかぁ？　1秒が1時間に感じられるほど重く長い時間に押しつぶされそうになっていると、先生はおもむろに知也のノートを取り上げて言った。

「なんやこのノートは」

たしかに知也のノートは汚いし、芸術作品（落書き）もいっぱいある。

「ノートを見れば大体わかるんや、こいつはできん」

ご名答……。知也のノートを机の上に放り投げたあと、こんどは吉田君のノートをかざして言った。

「見てみぃこのノート、綺麗にまとまっとるやろ、こいつできるやろ」

それ以来、知也の中では、綺麗なノート＝できる子になり、正しい勉強とは吉田君のような綺麗なノートを作ることになった。

できる子は知也のように授業中居眠りすることなく、板書を漏らさずノートに書きとめていく。テスト前には教科書をまとめた綺麗なノートができあがっていた。そして彼らは教科書やノートを丸暗記することで、すばらしい点数をマークした。

最初はそういう過去の記憶の中にいる、できる子のイメージを真似てテキストや講義の内容をまとめたノートを科目ごとに作ろうとした。ただ、これまで、まともにノートを作った記憶がないので、どういう風にまとめればいいのかよくわからない。

「あっ、知也、知也」

トイレから出てきたところで勉強仲間の横山に呼び止められた。

「こいつ一発で受かった佐竹」

すでに第二次試験には合格し、監査法人で働いていて、公認会計士となる最後の関門である第三次試験の勉強のため資格学校に来ていた彼は、横山の学生時代の友だちらしい。

横山がすごく優秀な人だと言うので、雑談がてら、このところ気になっていたノートの作り方について聞いてみた。

「ノートですかぁ……早く受かりたいなら作らないほうがいいと思いますよ」

「あれ？　そうなんですか」

ノートの作り方を聞いたのに、そもそもノートは作らなくていいという返事が返ってきたので知也は戸惑った。

「ここ、講義のペースすごい速いからノートなんか作ってる時間なくないですか？」

「まあたしかに。やるなら講義の後にしこしこ作る感じになっちゃいますね」

「そんなことしてたら、ほかの大事な勉強やる時間なくなっちゃいますよ」

「ただ、ここってものすごい分量の資料くれるじゃないですか。復習のとき、それ全部見返すのは無理だから、なんかこう鳥瞰できるような資料がほしいというか」

「それだったら、今あるテキストやレジュメの中から全体を見渡す資料を一つこれって決めて、それにどんどん書き込んで情報を集約してったらどうですか」

そういえば小杉さんもノート作ってないな。講義中テキストに凄い勢いでメモしてたっけ。

「言われてみると同じクラスの超できる人もノート作ってないですわ」

「でしょ？　作る作らないは、人それぞれだけど、僕の周りでも早く合格した人はノート作ってなかったですよ。だからもし作るとしても間違えた問題や、なかなか理解できないことを理解するために図解するような、特別な目的に応じて必要最小限に作ったらどうですか」

そうか、ノートを作るとか作らないとかじゃなくて、いかに効率的に理解するかというところから考えて、必要であれば必要な範囲でノートを作ればいいということなんだ。

勉強するには綺麗なノートとかたくなに信じていた知也にとっては目からウロコの話だった。

理解重視から始まった会計士への道

効率的かつ効果的に勉強するためには、理解という言葉がキーワードになりそうだということを、ノートを作る作らないの話をきっかけとして強く意識するようになった。

いかに理解するか。

資格学校がいうように、勉強をインプットとアウトプットに分けたとして、アウトプットの練習は学校のミニテストや答練をやるしかない。

そうすると、インプットをどうやるかということになる。蓄えた知識を適切に組み合わせて答案に吐き出すためには、そもそも知識として蓄える段階でちゃんと情報を整理して理解したうえで記憶する必要があるだろう。

理解と記憶は別々のものではなく密接に絡み合っている。

理解しないで憶えたものは忘れやすいが、理解して憶えたものは長く記憶してるし、問題を解くうえで応用もきく。だから新しい理論が出てきたら、まずはきっちり正確に理解することが大事である。

結論だけを記憶するのではなく、どういう理屈でその結論が導き出されているのか過程を解き明かして納得しつつ記憶するのだ。ただし、ここで一つ大きな問題が……。

講義が速すぎて全部ちゃんとタイムリーに理解するのは無理なんですけれども。で、どうすればいいのか講師に質問してみたところ、今の段階で細かいところまでは押さえなくていいと言うだけ。

いや、だからさ、そのさじかげんがわからんのだよ。どの程度までやればいいのか。う〜ん、頭のいい人に聞いても無駄か。誰か同感できそうなアドバイスくれそうな奴いないかな〜。いるわけないよな……八洲男！

ここはとりあえず八洲男に聞いてみるか、困ったときの八洲男ちゃん。

あいつもなんか資格いろいろ取ってたよな。資格の種類はだいぶ違うけど、なんか少しでも参考になりそうなことがあれば教えてもらおう。

その週末の夜、知也は八洲男に電話をかけた。

「唐突にすまんけど、ちょっと前に建築系の資格取ってたよね。どういうふうに勉強した?」

「ほんとに唐突だなぁ。どういうふうって言われても、夜に学校行ったよ」

「いや、そうじゃなくて、やること多すぎて理解が追いつかないんだよね。丸暗記がダメなのはわかってるけど、理解するのに時間がかかって」

「あ~そういうことか。会計士試験のことはよくわからないけど、普通に考えれば、ある程度枠組みができるまではちゃんと理解したほうがいいと思うよ。まあ範囲が広いだろうから細かい部分は丸暗記や場合によっては無視というのもあるかもしれないけど、本筋はきっちり理解しないと」

「なんだよ枠組みって?」

「ん~、そうだな~。具体的に言うと、ある科目が何を目的としていてどういう項目から構成されているかをしっかり把握したうえで、個々の項目に紐付く基礎的な理論くらいは理解しているイメージかな。たとえば、小学校の算数は数理的な考え方を身につけることを目的としていて、分数や少数や図形などの項目があることを把握していて、さらに分数や少数の基礎的な計算方法や図形に紐付く基礎的な理論である三角形や扇形の面積の求め方くらいはわかるって感じ」

「だいたいわかった、最初っからそう言ってくれよ。結局、ある程度全体像が把握できるまではそれなりにきっちり理解しろってことだよね。けど、なんで?」

「だって枠組みという整理された入れ物があれば何か新しい話を聞いたときに、それをどこに入れていいのかわかりやすいし、問題を解くのに必要なものを出そうとするときも探しやすいじゃん。逆にそういう入れ物がなかったら、新しい話を整理できずにバラバラに置いておくだけだからすぐに忘れちゃうし、使いたいときもなかなか出てこないよ」

なんかそれ、できる男小杉さんが以前言っていたインデックスの話と通じるような気がするな。

「そういえば勉強仲間の超できる人が、膨大な量の情報を整理するには頭の中にインデックスのようなものを作って、細かい情報はそこに紐付けるように整理すると憶えやすいし引き出しやすいとか言っていたっけ。芋づる式に思い出すとかいうけど、芋づるを意図的に作るということかな」

「あ〜そうだね、そういうことだよ。インデックスというか、たとえばテキストの目次とか暗記しちゃうのもありかもね。それで目次の項目ごとに個々

Column 知識を整理する秘訣

アウトプットしやすいように インプットする

タンスに洋服をしまうときに、きちんと整理しておけば取り出すときに便利なのと同様で、知識についても「枠組み＝タンス」をつくって整理しておけば試験問題に合わせて知識を引き出すことが可能になります。

また、ある科目について、どんな項目があって、それにどういう基礎理論が紐付いているのか把握できている。そして、その基礎理論の内容が理解できていれば、その先の応用理論が概要くらいしかわからなくても、枠組みの中に整理された基礎理論と照らし合わせることで、そこから先の「何がわからないのか」を明確にできるというわけです。

の理論を紐付けしていけば頭の中で整理しやすいだろうし。そうやってまずは科目の全体像をイメージできるようになって、そのうえで基礎的な理論の内容までちゃんと理解できていれば枠組みはオッケー」

「ふ〜ん、効率的に理解して記憶するためのベースで、しかも記憶したことを引き出しやすくするのか。なんだか土台っぽいね」

「そうそう土台みたいなもんだね。ついでに言うと枠組みができていれば、ややこしい理論が出てきたときも理解しやすいよ」

「それはどういうこと？」

「ややこし〜い理論といっても、そのベースには基礎的な理論があるわけだから、一から十まですべてわからないわけじゃないでしょ。だったら具体的に対処できるように分解しちゃえばいいんだよ。属する項目、ベースとなっている基礎的な理論、理論全体の構造、ほかの理論とのつながりや関係、重要な専門用語とかにね。そうやって分解して枠組みと照らし合わせてしまえば、少なくとも属する項目やベースとなる基礎理論とか、いくつかは明らかになるじゃん。そうしたら残りのわからないことについて具体的に対処すれば全体を理解できるでしょ」

枠組みをつくると全体像を理解しやすい

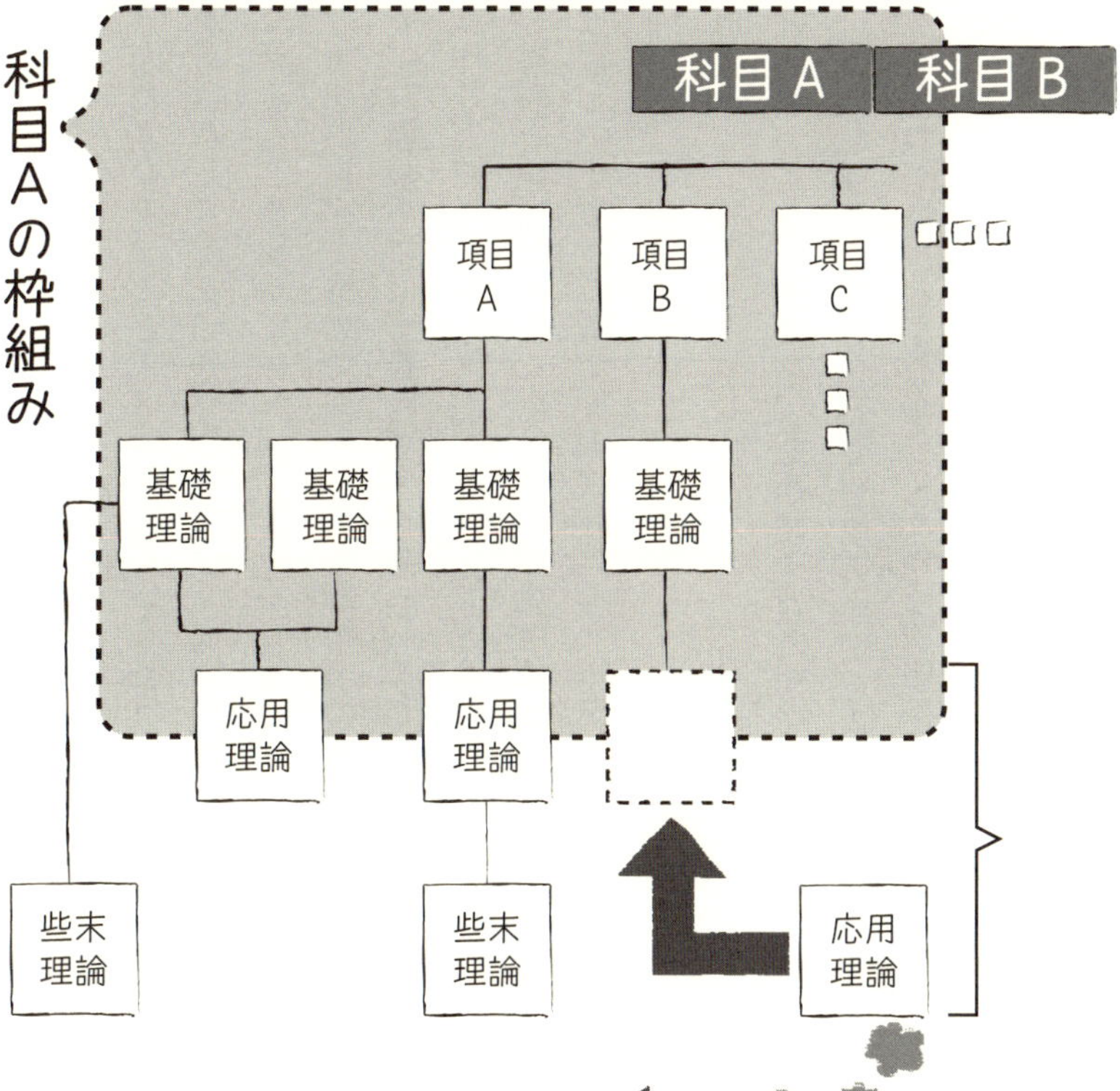

枠組みができていないと、
整理も、理解も、しにくい？？

「は？　簡単に言うな～、もう少しわかりやすい、たとえ話とかないの？」

「しょうがねえな～。たとえばね、家という科目にホットケーキ作成論という理論があったとするると、キッチンという項目に料理という基礎的な理論が紐付いていることを知っていれば、少なくともホットケーキ作成論は料理としてキッチンに属するものであることがわかるでしょ。キッチンにはコンロがあって、戸棚の中には小麦粉が入っていることは既に知っている。わからないのは作り方だけ。そこまで理論を分解できれば、あとは作り方を調べて、足りない材料を調達してホットケーキを焼けばいい。焼いた後には、家の中のキッチンという項目に属するホットケーキ作成論が理解できたということになる」

「なるほど～」

「やっとわかってきたか。で、その続きだけど、枠組みができていないと、わからんことをうまく細分化して解決の糸口を探しだすことができなくて、そもそも何がわからんのかわからんという状態になってしまう。ホットケーキの例でいえば、それが台所に属する問題であることに気づかずに、トイレにカセットコンロを持ち込むことまで選択枝にあがってしまうかもしれない。それに小麦粉のありかだって家じゅうを探すことになって、そう簡単には見つからないよ。もちろん作り方もわからないし、仮に作り方だけ調べてもホットケーキは焼けない。そして混乱したまま時間だけ過ぎることになってしまう」

「そうだよ～。ほんとにそう。よくわかるなぁ。そういうこと俺よ～くあるよ」

「だから枠組みができるまでは、きっちり理解重視で行けって言ってるんだよ」

ふーっという息を吐く音が受話器ごしに聞こえた。野郎、余裕でタバコふかしながら俺の相談にのってるのか。

でもあいつはノッてくるとタバコ吸うから、調子こいてきやがったようだな。それにしても八洲男すごいいろいろ知ってるな。俺の知ってる八洲男じゃないみたいだ。

突然電話したにもかかわらず、熱く語る八洲男に驚いた。なんでだろ、何か俺、ツボにハマるようなこと言ったのかな。

思いがけず八洲男がすごく参考になる話をしてくれているので、もう少し聞きたいと思った。

「割り切り」も時には必要

「なるほど～、それにしてもすげーたとえ話だな」

「前に知也が簿記と原価計算は勉強しやすいって言ってたじゃん。それってそういうことだと思うよ。簿記と原価計算は他の科目よりは枠組みができてるんだよ」

「あ～たしかに簿記と原価計算はわからないことがあっても解決の糸口が見つかりやすいな。でも、他の科目も含めて範囲がめちゃ広いから全部理解するのはどう考えても無理っぽいんだよなぁ」

「だからさっき枠組みって言ったわけ。あくまで基礎。全部完璧に理解することを目指すんじゃなくて、そこは周りの状況とか講義の進み方とか、自分の能力とかいろいろ考えて、できるかぎり理解するというか、とくに最初のうちはね。講義が進んで、細かい話がどんどん出てきたら、ある程度割り切って無視とか丸暗記もありだと思うけど、しっかりした枠組みができているかいないかで試験間際の実力の伸びがだいぶ違うから、まずはできるかぎり、ちゃんと理解して、あとはもろもろ状況考えながらさじかげんだね」

「そのさじかげんが難しいんだよ〜」

「さじかげんて難しいけど、すごく大事で、いくら理解することが大切でも、試験に合格するという目標から考えると、理解にこだわって講義のペースに置いてかれたら本末転倒なんだよ。勉強といっても、学術的なものではなくて、試験に合格するための手段に過ぎないわけでしょ。いかに効率よく点数を獲得するかというゲームみたいなものだから、学術的なこだわりが前に出すぎる人はたいてい落ちるよ」

「あ〜そういう奴いるわ、講師に重箱の隅つつくような質問しに行く奴」

「要は、ろくに理解せずに枠組みがちゃんとできる前にどんどん進んでも、理解にこだわって先に進めなくても両方とも合格というゴールから遠ざかってしまうということで。枠組みがちゃんとできたら、あとは、試験日にどのくらい解答できればいいかに合わせてどれくらい枠組みに肉付けが必要になるか考えるんだよ。そうすれば残りの日数でどうやったら

「理解せずに進んでも、
理解にこだわって先に進めなくても
ゴールから遠ざかってしまう」

そこまでもっていけるか工夫することになるでしょ」

残りの日数で合格レベルまでもっていく工夫か、その続きも聞いてみたかったが、どうも計画に関係する話は苦手意識があるので口に出せずにスルーしてしまった。

「ふ〜ん、枠組みができるまでは理解重視でやって、枠組みができてきたらその後は状況に応じて応用的な理論の細かい部分についてもきっちり理解したり、場合によっては丸暗記や無視もありってことか」

「うん、そう。でも口で言うのは簡単だけど、枠組み作るのは大変だよ。ある程度はスピードもいるし」

「スピードって、講義に遅れないで最低限の枠組みを作る理解力ってことでしょ？　それがなくて困ってるんだけど」

「そこは知也が自分で工夫して考えるしかないよ。あ、でも新たに出てきた理論の構造やほかの理論とのつながりとかは図解すればわかりやすくなるよ。知らない用語は調べればいいだけだし」

あ、図解か。それ横山の友だちの……佐竹さんか、佐竹さんもおんなじこと言ってたな。

「八洲男すげーな。なんでそんなこと知ってるの？」

「いや〜、実は以前、俺も知也とまったくおんなじことで悩んだことあって。知也も知ってるだろうけど、俺、もともとそんな頭よくないじゃん。で、やっぱり最初のうちは全然勉強はかどらなくて、でも仕事で絶対必要だから、試験は受からなくちゃいけないし。だからどうやったらいいのかすごい研究したんだよ」

そういうことか。それでこんなに熱く語ってくれたんだ。

「へ〜そうだったんだぁ。初めて知った。バカはみんな通る道なのかな」

「たぶんな。それにしても、この研究成果を誰かにすごく話したかったんだけど、誰も興味ないだろって思ってて、まさか知也に聞かれるとは思わなかったよ」

「すんませんな俺で。でもかなり参考になったよ、ありがとう」

「あ、そうそう。枠組み作って全体像を把握してから必要に応じて細かい部分を理解していくやり方って、試験科目の勉強だけじゃなくって仕事上でも効率的に知らないことを理解していく方法として役に立つよ」

「へ〜、じゃいつか仕事するようになったら思いだすよ」

八洲男に言われたことを参考に、なるべく理解優先で勉強していたが、講義が進むにつれて、だんだん難しい理論が出てくるようになった。

難しい理論を正確に理解するのはとても時間がかかる。

頭のいい勉強仲間は別として、知也の場合は出されたものすべてを完璧に理解したうえで記憶しようとすると、とてもではないが時間が足りなかった。だから応用的な難しい理論が出てきたときは全体の構造や大枠、今までの知識とのつながりだけは明らかにして、細かい部分は理解できたら理解することにした。

あとはそれに関する問題を解いて理解できた部分の理屈を体に浸み込ませるとともに、どこらへんまで正確に理解していないと問題が解けないかを探った。

問題を解くのに必要最低限の部分だけは理解し、それ以外の部分は割り切って丸暗記することにした。どこまで理解していて、どこからが丸暗記か明確にしておけば、復習するとき、ちゃんとフォローできるだろう。

本番試験での出題可能性のほとんどないような、あまりに瑣末な理論については完全に無視した。

理解と丸暗記のさじかげんにはとても気を使った。使える知識として記憶するためには、充分な理解を伴う必要があるが、理解するのに必要な時間を考えると、講義のペースについていくためには聞いたことすべてを完璧に理解するのは不可能だ。

講義のペースに遅れるというのは、それに遅れない周りの優秀な勉強仲間に遅れることを意味する。それは何とか避けたい。どうにか最後まで周りと同じペースで勉強していたい。

だからといって、何でもかんでも丸暗記では忘れやすく使えない知識が一時的に記憶されるだけになってしまう。表面的に講義のペースについていったとしても、理解していないので問題が全く解けなくなる。そうなってしまえば、学校に通うモチベーションは消えてなくなるだろう。

自分という道具の能力を考えると、講義のペースに遅れずに勉強へのモチベーションが消えてなくならない程度の成績を維持し続けるには、各科目の枠組みを構成する基礎的な理論と、応用的な理論の大枠だけは時間の許す限りちゃんと理解する。あとは状況に応じて必要だと思われる部分を丸暗記して、それ以外は思い切って無視するしかない。

すべてを理解しないで先に進むのは気持ち悪いと感じることもあったし、理解をおろそかにして丸暗記に走りたくなることもあった。

しかし効率的に安定して結果を出すためには、理解と丸暗記をうまく使いこなすことが必要と考えた。

応用的な難しい理論については、とりあえず大枠だけ理解すればいいという方針にしたことで、講義のペースに合わせて先へ進むことができた。答練では応用的な問題はあまり得点できなかったが、それはそれでよしと割り切ることにした。

新しい理論が出てきたときにその場では理解できなくても、優秀な勉強仲間や講師に質問して、自分なりのイメージをテキストに落書きした。

これを繰り返していたところ、知也は文字を理解する力は周りよりも劣るが、図解すればそれほど周りと理解力に差がないことに気がついた。しかも文字よりもはるかに記憶しやすい。わからないことでも図にすれば何とかなると喜んだ。

当然、知也のテキストはカラフルな落書きだらけになった。そして、その落書きを中心にテキストを何度も繰り返して読んだ。そうしたら、答練の問

Column 視覚や聴覚も活用

図で理解し、興味で記憶する

ややこしい理論が出てくると理解に苦しむことがあると思います。わからなくなってしまったらテキストなどを見返したり、講師に質問することになると思いますが、これに加えて図解がおすすめです。

図解すると理論の構造が視覚的になり、曖昧な部分がはっきりするため、とても理解しやすくなるからです。

理論科目であればテキストやレジュメの片隅に、計算科目であれば答練の解答冊子の片隅に、余白が足りなければメモ用紙に書いて該当箇所に貼るなどして、理解しにくい部分の図解を書き込んでいきましょう。

図解について難しく考える必要はなく、落書き程度でOKです。


さあ理解しました。次は憶える番です。

コツはできるだけいろんな器官を使うということです。

目で追うだけでなく、紙に何回も書いたり、音読して耳から情報を入れると記憶しやすいようです。

また、興味のあることは憶えやすいので、「なるほど〜」とか「すげー理論だ！」などと、わざと大げさに感心して、興味のあることをやっているという錯覚にみずからを陥らせるのも一つの方法です。

題を見たときに、この問題はどの落書きかを思い出すことで解答を導き出すことができるようになった。

結果、じわじわと成績が上がっていった。自分という道具を最大限に生かす方法を発見したことで、勉強し続けるモチベーションも高まり、それにつられて集中力も多少は高まった。

自分という道具を最大限に生かす方法を発見！

集中力の高め方

勉強の方法は自分なりに固まってきたので、あとはその方法でひたすら勉強するだけだった。ただ、ひたすら勉強するといっても、一日は24時間しかない。そこから寝る時間や飯の時間など勉強できない時間を差し引くと、勉強に使える時間は無職だったとしても一日最大14時間程度ということになる。

だが現実的には一日14時間の勉強を毎日続けるのは無理だろう。それをやって壊れない人間は、知也の周りでは勉強中毒の荻川くらいしかいなかった。凡人はそんなに勉強したら頭がおかしくなるに違いない。

図解するとわかりやすい

図解の例

●土井宅には悠路と美貴、その息子の二郎と三郎が住んでいる。
服部宅には寛幸と景子が住んでいる。両宅とも名古屋にある。
●悠路と美貴には一郎という長男がいて、東京に住んでいる。
寛幸と景子には愛梨という娘がいて、東京に住んでいる。
一郎と愛梨の友人である晶香との間には幹太という息子がいる。

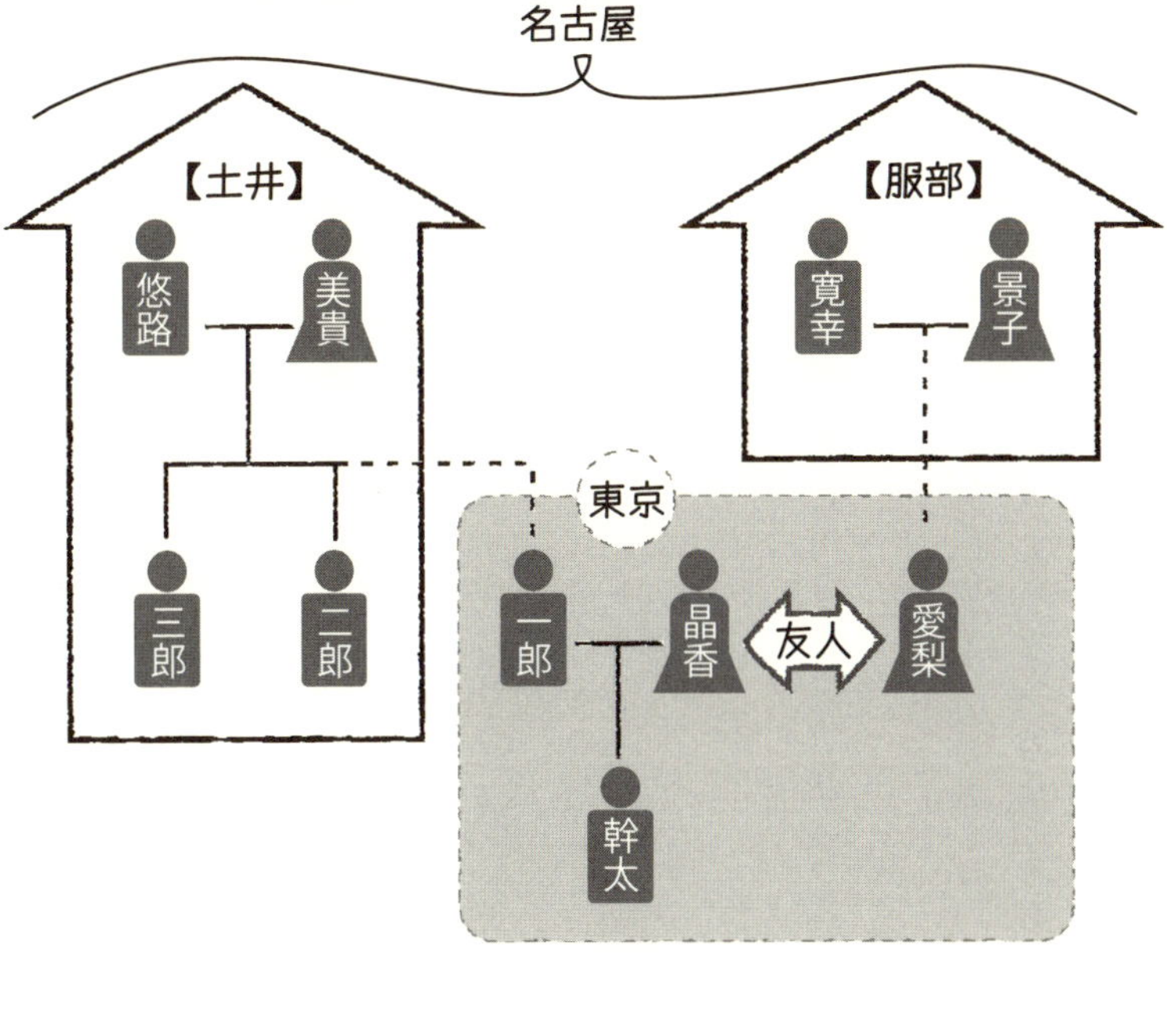

資格学校では、一日にどれくらい勉強しているかがちょくちょく話題になった。

「でもさ~、時間て関係なくないすか? たくさんやれば受かるってもんじゃないっしょ」

と、勉強仲間の松原が言う。彼は荻川と違って要領のいいタイプなので、長時間うだうだ勉強することには否定的だった。

「目標とするタイミングで目標とするレベルに達すればいいわけだから、勉強時間て結果にすぎないっすよ」

「松原君違うよ。そういう話じゃなくて体力的な限界だよ。1日どのくらいなら勉強続けられるのかって」

あくまで時間の話にこだわる荻川。

「ふふっ。ああ~そういうことすか。そんなの誰も荻川さんに勝てないだろうな~」

講師の話ではだいたい平均1日6~8時間で、試験直前数か月は8~10時間という人が多いそうだ。そう聞くと大したことなさそうだが、やってみるとこれが結構大変である。

試験科目は7科目あるので講義の組み方にもよるが、1日1~2科目は資格学校で講義を受講することになる。

また、それ以外に早朝答練を受けることが普通なので、1日5時間前後は資格学校の講義や答練に費やすことになる。

その後、答練の間違えたところを調べたり、講義の復習やその他の勉強を2~3時間やると晩飯の時間になる。晩飯のあと、テレビも視ずに、さらに2~3時間勉強すると、もう寝る時間になる。これでだいたい10時間勉強したことになる。ただし、このペースを週7日できる人はそうはいない。大抵週1日は休みを入れる。

勉強以外の用事が発生することもある。そうすると一日10時間を目標に勉強したとしても、平均すると一日7~8時間程度になってしまう。

「松原君っていつも元気そうだよね。なんか俺びっくりするくらい疲れることあるんだけど」

「そういえば知也さん、時々、体調悪そうですよね、ちゃんと休んでます?」

「いや~あんまり休んでないんだよね。俺、気持ちの切り替え下手だから休んじゃうと気が抜けて、また勉強を始めるのすげえ苦労するから」

「それ疲れるでしょ、ふつー。自分、結構サボってますよ」

「サボってんの？　そういや日中、松原君を見かけないことよくあるな」

「ジム行ったりしてるんすよ。やっぱね～途中で一回体動かしとくと違いますよ。そのほうが絶対集中できますよ」

「あ、なるほど、いいこと聞いたわ。俺もやってみよ」

それ以来、松原君の真似をして、昼過ぎまで学校で勉強したあとで、資格学校を出て繁華街をうろついたり、スポーツセンターやサウナなどに行ってリフレッシュする時間を作るようになった。

すっきりしてから夕方くらいに学校に戻ってきて、夜の講義を受けたり自習室で勉強したりした。勉強の合間に身体を動かすことで、かなりリフレッシュできる。やはり勉強マニアでもないかぎり、ところどころに気分転換を入れたほうがかえって勉強に集中できるようだ。

人間が集中できる時間には諸説あるが、自習室で他人を観察していると、それは人によってさまざまで一概に言えるものではないことがよくわかる。

耳栓をして自分の世界に完全に入り込み、何時間も一心不乱に電卓を叩き続け、自分がオナラをしたことにも気づかない強者がいる反面、落ち着きがなく10分か15分経つと席を立ち、教室の外をふらふらしている人もいる。

知也も後者と同様で集中力が充分ではなかった。とにかく飽きっぽい。なので集中し続けられるように勉強のやり方を工夫した。

計算科目の問題を解くときは必ず時間を決めて解いた。こうすると本番の練習にもなるし、切羽詰まった感じがして集中力も高まる。

計算科目を勉強したら次は理論科目で気分を変えた。そして計算科目、別の理論科目、10分マンガ、そして計算科目というように目まぐるしくやることを変えて、飽きて集中力が落ちないように気をつけた。

悪あがきが運を呼ぶ

そんなこんなしているうちに、1回目の短答式試験の受験日がやってきた。半年でドロップアウトの予定が1年ちょっとも頑張れたわけだ。

短答式試験というのは、その当時一万数千人の受験者を三千数百人に絞る試験で、短答式試験を通らなければ論述式試験を受験することができない。

短答式試験は5科目で、1科目あたり10問ずつ合計50問を3時間で解く試験だった。

1問目から律儀に解いていくと全然時間が足りなくなる。

なぜかというと50問3時間だから1問あたり3・6分ほどで解かなければならないが、まともにやると1問20分近くかかる地雷のような問題が仕掛けられていたりするからだ。

そういう地雷を避けながら、人間の持つ最高レベルの集中力を3時間キープする。ペース配分や解く順番も重要になる。

これが至難の業で、ふだん資格学校で成績がいい人でも地雷のような問題にやられてしまう人が毎年たくさんいた。

地雷かどうかは外からちょっと見ただけではわからないことが多い。手をつけてみて初めて、これはヤバいと感じるのだ。

合否の分かれ道になるのは、そこでその問題をばっさり捨てられるかどうかだ。

ものすごい緊張感のなかで一度手をつけた問題をあきらめるのはかなりの勇気がいる。だがそこで割り切ることのできる人だけが次へ進めるのだ。合格ラインとしてはだいたい50問中32問から33問あたりだ。

ところが、知也は本番試験までに短答式試験の模擬試験を10回受験したにもかかわらず、合格ラインを超えたことは一度もなかった。しかも無理して頑張ってきたせいか、疲労もすでに限界に達していた。

直前期は短答試験対策に特化していたものの短答式試験を突破できる自信はまったくなかった。

「どうすか？　調子は？」

知也と同じように低空飛行を続ける横山が探りを入れてきた。

「めちゃくちゃ疲れた。正直受かる気がしねえ」

「知也さん何言ってんすか。一発かましてくださいよ」

「一発？　わかった、何か考えとく」

一発か〜。なんか一発やってやるか。

試験に対する自信のなさを誤魔化しているようでなんだか後ろめたい気がしないでもないが、どうせ散るんだから最後の記念に何か面白いことをやってやろう。

名古屋駅の東急ハンズでサイコロを購入し、わからない問題はこれを使おうと考えた。ただし、試験は5択なので、6が出たらもう一回振らなければならない。

試験会場は名古屋市内のとある大学だった。会場となった校舎の外をぶらぶらしていたら横山が座って携帯をいじっている。

「どうよ。今日はこれ使うぜ」

知也はポケットから透明のサイコロを取り出した。目線の高さに掲げると太陽の光が反射して宝石のように輝いた。

「わはははははは！　まじっすか？　さすが知也さん！」

指定された席に座り、筆記用具と電卓を机の上に置いた。

暑い。初夏の陽気だがクーラーはない。うわ〜、ここで3時間か〜、かんべんしてくれ。受かるには体力も必要なようだ。

そうだ、そうだ、サイコロを忘れていた。

知也はおもむろにカバンからサイコロを出して、ペンの隣に置いた。右隣のぽっちゃりとした長州小力みたいな奴がこちらを二度見した。マジかよって顔をしている。

「くっくっく……」

こみ上げてくる笑い。こんなシリアスな試験の最中にサイコロを振れば、俺は伝説になるに違いない。

どうせ受からないからと、どうでもいい方向に意識が傾くなか、試験が始まった。一気に高まる緊張感。

知也は商法から手をつけた。

いきなりわからん！　しかしだ、まだサイコロを振るには早すぎる。始まってちょっと経ってみんなの意識が落ち着いたところで振るのがベストだ。

試験開始後30分あたりから、多くの人が計算科目に手をつけ電卓の音がうるさくなる1時間までが勝負だ。

商法、監査論と理論科目を解きながらそのタイミングを計った。

よし。いい頃合だ。

知也はサイコロに手を伸ばした。

サイコロが机から数センチ浮いたところで、視線を感じた。

ん？　目を上げるとそこには50歳過ぎと思われる試験監督が立っていた。足を止め無言でこっちを見ている。

知也の右手が軽く震えた。2秒ほど葛藤したが、結局サイコロを机に置いた。全身から変な汗が噴き出すのを感じた。

ダメだ、俺はなんてヘタレなんだ

ダメだ、俺はなんてヘタレなんだ。サイコロすら振れないのか。試験監督の眼力に負けて、わざわざ用意したサイコロを振れない自分が情けなかった。試験は始まったばかりだったが、もう負けた気分だった。試験などもうどうでもよくなった。

蒸し暑い試験会場の中で知也はしばらく放心状態に陥った。もう諦めて帰ろうかと思ったとき、わずかに開いた窓から入り込んだ風が淀んだ空気を押し出した。少しずつ汗が引いていくのを感じた。同時に緊張感や焦りや諦めも和らいでいった。

目線を落とすと、視界に問題用紙が飛び込んできた。せっかくここまで来たのだからと気を取り直して残りの科目に全力を注いだ。最後の悪あがきだった。

わからない問題もたくさんあったが、前後のバランスを考え適当に数字をちりばめて解答用紙を提出した。

帰りは勉強仲間と駅前で軽くビールを飲んだが、サイコロを振れなかったことが残念であまり美味しくなかった。

へこんでいる知也を勉強仲間の渡辺君が慰めてくれたが、まさかサイコロが振れなかったことで落ち込んでいるとは言えなかった。

その日の夜になると各資格学校がこぞって解答速報を出していた。あまりできた感触はなかったので点数を調べてしまえば、きっとここで受験生活が終わるだろう。しかし今見なくても、1か月後にはいやでも結果はわかるのだからとPCを起動した。

Windows95の画面としばらくにらめっこしたあげく、資格学校のホームページにアクセスした。サイコロなんか持ち込むふざけた受験生のくせに、このときばかりはクリックする手が震えていた。

「1問2問……あっ……ありえん、34問も取れてる。これはイケるんじゃないのか」

信じられないことに時間がなくなって適当にやった簿記がほとんど取れていた。たしかに、最後の模擬試験が終わってからは短答式試験の対策に特化していたのだが、これほどまで点数が伸びるとは思わなかった。

運がよかったといえばそれまでだが、きっと知也が何とかしようと頑張ったから運が作用する余地があったのだろう。どんなに運がよくても、何もしていなければ運の使い道がない。

何か目標に向かっているから、その目標を達成するために運が作用する余地が生まれるような気がする。知也はすごく自分に都合よく解釈した。

知也が試験会場に持ち込んだ1・5センチ角の透明なサイコロは3つ購入して残りの2つは勉強仲間に配った。配った二人も短答式試験に合格できた。どうやら幸運のサイコロだったようだ。

やり場のない悶々とした気持ち

試験日から約1か月後、短答式試験の合格発表に自分の番号を見たとき、何かおかしな気分になった。体内がうようよしている。

翌日の朝、起きたときには体の異常なダルさにびっくりした。

だっる～。なんだこれ。

37・3C。微熱が出てる。その翌日になっても下がらないので病院に行くと、たぶん風邪だということで薬をもらった。大した熱じゃないし、そのうち下がるだろう。

しかし数日経っても一向に下がる気配なし。あまりのだるさに耐え切れず再び病院へと向かった。

「そうか〜。君、輸血してるんだ。ん〜、念のため肝炎も診てみるか。ちょっと採血するね」

肝炎？　肝炎って昔……。

帰宅してすぐPCを起動した。インターネットで調べてみて愕然とした。知也は8歳のときに心臓手術を受け、輸血をしている。手術はうまくいったがしばらく肝炎を患った。肝炎の症状は投薬によりしばらくするとなくなったので、治ったものと思い込んでいたが、それが治っていなかったとすると経過年数から考えれば肝硬変になっているはずだ。

もしそうだったとすれば、もはや勉強どころではない。

数日間、QUEENの「MADE IN HEAVEN」を聴きながら結果が出るのを待った。

病院の待合室で固まっていると、名前を呼ばれ、診察室に入った。地面がふわふわしている。地に足が着いていないとはこのことだ。恐る恐る先生を見ると予想に反してニコニコしている。

「大丈夫でしたよー」

全身の力が抜けた。結局ウィルスは検出されなかった。過労が原因ではないかとのことだったが結果が出るまでは生きた心地がしなかった。

その後すぐに熱は下がった。ただし体温だけではなくあらゆる熱が……。

すべてが完全に燃え尽きた。もはや、知也の中に勉強を続けるためのモチベーションは残っていなかった。そこに至るまで相当頑張ってきたが、肉体的にも精神的にも限界だった。もうそれ以上勉強を続ける気力が湧いてこない。身も心も疲れ果ててしまったのだ。

一発合格者の共通点は短答式試験が終わったあたりから飛躍的に実力が伸びることだ。資格学校では入門期、基礎期、上級期と分かれていて、試験前年の10月あたりで基礎期が終わり、先輩たちと合流する上級期となる。

入門、基礎期には飛びぬけてできていた人も、超人は別として、上級期になると長年勉強している先輩たちに埋もれてしまう。ここで今まで勉強で人に負けたことのない優等生君のなかには勉強のできない自分に悩み学校に来なくなってしまう人もいる。

一発合格できる人はこのつらい時期を耐え抜き、短答式試験が終わったあたりからスパートをかけるとともに頭角を現してくる。そしてそこからおよそ2か月後の論述式試験を駆け抜けるのである。逆に言うと、先の見えないつらい時期に合格を信じて爆発的に集中力を高めることができる人しか一発合格はできない。

知也は集中力を高めるどころか、論述式試験に向かってどんどん気持ちが萎えていった。焦ってはいるが、前に進む力がどこからも湧いてこない。成績もどんどん下がっていった。どうしたらいいのかわからない、もどかしさでいっぱいな日々が続いた。

論述式試験も受けるには受けたが、スイッチの切れた知也のとっては、もはや記念受験だった。

論述式試験は真夏に3日間連続で行なう過酷な試験である。知也が受験した名古屋の試験会場は駅から遠く、試験会場に行くだけで疲れてしまう。しかも、初日から出来は悪く、後味の悪い疲労感だけが増していった。

ここまで頑張ってきたんじゃないか。

あと2日あると気持ちを振り絞って、2日目午前の原価計算に挑んだものの解答用紙4枚のうち1枚もまともに書けない。難問ということもあったが

こんな悔しい思いをするくらいなら、なぜもっと頑張ってこなかったんだ。

自分の力のなさだけが際立って感じられた。

4枚目は超難問、手も足も出ない。

それではと1枚目を解こうとするが答えが出てこない。

何か間違えているのだが、それがわからない。時間だけはどんどん過ぎていく…。

ダメだ。もうダメだ。

頭の中が真っ白になった。

試験中なのに目に涙が溜まっていく。潤んで問題が読めなくなった。字も書けなくなった。そして、それ以上考える力も失せてしまった。

終わった。

自分の不甲斐なさに心底、嫌気がさした。たまたま短答に受かったくらいでなんで気が抜けてしまうんだ。何という情けなさ。今日ここでこんな悔しい思いをするくらいなら、なぜもっともっと頑張ってこなかったんだ。

合格発表を待つまでもなく結果はわかっていたが、結果を見たときは大量

自分の不甲斐なさに
心底、嫌気がさした…

に買った宝くじが外れたときに似た空虚感が漂った。

結局1回目の受験は難関資格の壁の高さを痛感させられただけで終わってしまった。それでも過去の自分から考えれば、ここまでやれたことは奇跡的な進歩だと思うし、よくやったと自分で自分を褒めてあげてもよかったのかもしれない。

しかし、なぜかやりきった達成感よりも、不完全燃焼というか、何か悶々としたやりきれない気持ちだけがいつまでも残っていた。途中でスイッチが切れてしまった自分の弱さに失望したのだろうか、頑張った先にあるはずの何かもよく見えなかった。

それに、敗北の後には今後どうするかという重たい現実ものしかかった。

大方の予想どおり1発で受かった小杉さんと、別の進路を選んだ南川さんを除く勉強仲間はそのまま2回目の受験のための勉強生活に戻っていった。

しかし知也の場合はそもそも半分冗談で受験勉強を始めたので、2年目に突入することなどはなから考えていなかった。そのため学費も用意していなく、就職を考えざるを得なかった。

その3 明日への〝渾身〟

目の前に立ちはだかる壁

「どうしようかなぁ。さすがにまたフリーターっていうのも……」

そこらへんのコンビニで買ってきた就職情報誌を広げながら、きしむベッドの上で一人さみしくつぶやいた。

どこか働けそうなところはないだろうかと、1ページ1ページ丁寧にめくり、よさそうなところを2社ほどチェックした。

せっかくここまで法律や会計の勉強をしてきたので、それを生かせるような仕事に就きたい。2社とも中堅どころで総務・経理系の仕事を募集している。ここなら自分が勉強してきたことを少しは生かせるのではないかと履歴書などを送ってみた。

しかし……音沙汰なし。

待ちくたびれてこちらから電話してみたところ書類審査で落ちたようだ。

書類審査でダメか〜。なんでだろ。

意外な結果だったが、会計士の勉強をする過程でそれなりに法律や会計の知識を得ている。タイミングさえ合えばそこそこの会社に就職できるはずだ。

だからその会社はたまたまダメだったのだろうと前向きに考えた。

次は自分で探すだけでなく相手にも探してもらおうと、友人に勧められた大手の人材登録会社を訪問した。そういうところに登録しておけば、どこかの会社から照会がくるだろうと期待した。

受付で待っていると、小太りなおっさんが小脇に何か抱えて歩いてきた。

「ちょっと、こっち来てもらえます？」

かなり待たせておいて詫びの言葉もなしかと思いながらついていくと、小さな物置のような部屋に通された。

ここに来た経緯を簡単に説明したところ、おっさんは無表情のまま、

「う～ん。登録してあげてもいいけど、照会はこないと思うよ」

とこれまた冷たい反応だった。しかも、いかにもめんどくさそう。

それなりに勉強もしていたので知識はそこそこあるのに、なぜこういう扱いになるのか戸惑った。が、そのおっさんが言うには、人材登録会社に照会してくる会社は即戦力を求めるそうだ。だから多少知識を持っていても、実務経験がない人は要らないとのことだった。

「31歳で職歴といえば、ちょっと整備士やってたくらいだよね～。日商簿記

持ってるだけなら、そんな人じゃなくって簿記学校出たてのピチピチの20歳の子を雇うでしょ。ハハハハ」

このブタ野郎……こみ上げる怒りのオーラを感じたのか、おっさんは、

「就職情報誌なんかで個別に探してみたらどう？　うちにくるような会社は無理だと思うけど、簿記の資格があるなら、たとえば人手不足に悩んでいるような小さい会社や個人経営の会計事務所とかなら可能性あると思うよ」

と付け加えた。

そんなものなのか……。そういうところなら何年か前に働いていたバイク屋と同じくらいか、それ以下の給料になってしまう。この1年半ほどの頑張りは一切換金できないことになる。あんなに頑張ったのに、この扱いなのか？

おっさんに知也の心の声は届かない。現実は厳しかった。

夏の論述式試験が終わった直後、既に大手監査法人から内定をもらっていた。あとは試験に合格さえすれば知也のような人物でも大手監査法人への就職は約束されていたのだ。

おめでたい知也は合格してもいないのに、自分にそれなりの価値があるものと勘違いしてしまった。人材登録会社のおっさんは知也にその勘違いを気

づかせてくれたのだ。人材という観点からすれば、合格していない知也に大きな価値はない。そこに至るまでどれほど頑張ってきたとしても、合格と不合格では雲泥の差があるということを。

たしかに大した実務経験もなく、使えるかどうかもわからない知也を働かせてくれるだけありがたいと思わなければいけないのかもしれない。

そうはいっても知也が就職できそうな会社の月給は手取りでだいたい14万か15万くらいで、給料だけの比較ならフルタイムで働くフリーターと変わらない。その給料で自活すると大好きな車やバイクを乗り回すなんてとんでもないことで、日々生活するだけでいっぱいいっぱいということになる。

これまでは親と同居していたので、居住費や食費はタダだった。贅沢さえしなければそれなりの生活は維持できた。

だが、知也も31歳になった。いくらなんでもそろそろ独立したい。でもこんな状況で独立すれば今までのような生活はできない。

重い……。

知也は現実を真剣に受け止めて考えるのが苦

あんなに頑張ったのに、この扱いなのか？

手だ。すぐにどうでもいいと思ってしまう。かといって決めないと先に進めないことはわかっている。収入面で大差ないなら、いろいろ制約される正社員ではなく、以前のような気楽なフリーターでいいとも考えられる。別に雇用形態にこだわることもないだろう。

しかし、気楽だったのは実家にいることができたからで、不安定なフリーターのまま自活すると大変な生活になることは、以前フリーター仲間の生活を見て知っていた。

仕事の内容についても、会計士の勉強を通じて目標に向って進歩し続けることの充実感や達成感を味わった知也にとって、同じような作業が延々と続くアルバイトスタッフという立場では何か物足りないように思えた。

あれこれ考えた結果、勉強したことを生かしながらさらに経験を積んで成長できるような会社を探して、給料は安くても就職することにした。

無限の悪循環ループ

資格学校に入る2000年の初めころまで、知也はフリーターだった。

実家にいたため、収入が途絶えたところで直ちに生活が成り立たなくなるわけではなく、金銭面でのプレッシャーは自活しているフリーターと大きな差があった。

フリーター仲間で自活していた人は、大抵、複数のバイトを掛け持ちしていた。ある週は4日出勤、ある週は2日出勤と雇い主の都合で働く日数が変わることがあるので、一つのバイトだけだと収入が安定しないからだ。夜勤を入れれば収入は増える。だが、生活は不規則になる。

何か目的を持って就職せずにそういう生活を続ける人もいたが、ほとんどは、なんとなくそうなってしまっているようだった。ありがちなのは、貯金がなく、お金がないので仕事があれば毎日でも働き、たまの休みは家でゴロゴロするという生活を淡々と続けるシンプルライフだ。

なかには、ちょっと貯まると後先考えずにパチンコや風俗ですべて使ってしまい、切羽詰って休日も日雇いなどで必死に働く。ときには消費者金融などからお金を借りる。そして返済に追われ、やっと返したかと思えば、またパチンコと風俗で有り金すべて使ってしまうという無限の悪循環ループから出られない「破綻紙一重」の生活を続けている強者もいた。

若ければそういう生活もスリリングで楽しいかもしれない。しかし知也がそうであったように、歳をとるにつれて確実に不安は増していく。そして、そろそろ就職したいと思っても、自分の希望するような働き口は、そうそうない。会社が相手にしてくれないのだ。

特殊な資格をとって就職活動するという手もあるが、無限ループに落ちた人に、ある日突然パチンコなどを我慢して、みずから勉強を始めろというのは無理がある。そもそも、それができないから無限ループにいるのだ。それならば学校などに通えといっても、そんなお金はない。

一度フリーターとして固まってしまうと、社会的にも金銭的にも精神的にもそこから出るのは本当に難しい。

一生フリーターでもそれなりに安心して生活していけるような環境でもあればいいが、そう簡単には見つからないだろう。それどころかフリーターのままだと年々不安定さが増していくなかで、自暴自棄になる瀬戸際を生きていくことにすらなりかねない。

それなら、そこから出るにはどうしたらいいのか。

そのヒントをくれたのは資格学校に入る前に働いていたバイト先の課長だ

若ければスリリングで楽しいかもしれない。
しかし、歳をとるにつれて確実に不安は増していく。

った。年齢を理由にケーキ屋のバイトを断られ、先行き不安を感じ始めていた1999年夏ごろ、バイト先だった臨床検査会社で懇親会が開かれた。

気になっていた女性の隣に行くつもりが、なぜか課長の隣になってしまった。しかも知也の苦手な豪快系である。話題に困り、どうにかひねり出したのが知也自身の先行き不安だった。

「知也暗いな〜、フリーターかどうかなんて関係ないだろ。結局その人しだいだよ。今や正社員だって普通にクビになるんだから」

「ま、そうなんですけど」

「ゴキブリのような生命力とあつかましさ、たとえ戦場でも目を閉じれば熟睡できる図太い神経があれば生きてく方法なんかいくらでもあるぞ」

無茶苦茶言ってんな、このおっさん。あんたと違ってナイーブなんだよ、俺は。

「そんなのあるわけないじゃないすか〜。だからこのままだと生きていけないかなって思ってるんですよ」

課長はビールジョッキ片手に大笑いした。

「おいおい大げさだな。まだ30いくか、いかないかだろ？　どうにでもなるよ。何、就職したいの？」

「いや、まだそこまではっきりとは。でもそろそろしないと手遅れですかね」

「何言ってんだよ、仕事があれば地の果てでも行ってやろうって覚悟があればいくたって生きていくための仕事はぜーってぇあるって。それかぁ、そこまでじゃなくったって、後継者のいない農家とか、伝統工芸の伝承者とか、さがしゃ仕事なんかいっくらでもあんだから」

だから俺はあんたと違ってナイーブなんだって。

「あの、そういう行動力と思いっきりのよさをもってる人って、そもそも、こんなことで悩まないと思いますよ」

「あ、そっかー、そうだよね、がはははは」

課長の地響きのような笑い声がホールに響いた。

「ははは、もう少し普通にいく方法ないすか？」

「普通か～。お前なんか得意なもんある？　コンピュータすごい詳しいとか」

「ん～、バイク多少いじれますけど、それ以外とくにないです」

「それじゃあ地道にいくしかないだろな」

「はあ、地道すか」

「あのな、中途で応募してきた奴の履歴書見て、フリーターってわかるとどう判断すると思う？」

「ん〜……、ちゃんと就職活動しなかったのかとか、業務経験ないから教える必要があるとか……ですか？」

「それもそうなんだけどな、中途採用者に当然期待される職場でのコミュニケーションスキルとか仕事の管理能力がないって思うわけだ。しかも専門技能もないときたら新人と同じなんだよ。だから応募がたくさんくるような会社はわざわざそんな奴、中途で採用しないよ」

「じゃあ就職できないってことですか？」

「だからよ〜、そうやってすぐ諦めんなよ！　気合いで就職活動するんだよ。100社でも200社でも。面接でも笑顔で気合いを見せろ。取ってつけたようなくだらねえ自己アピールなんかしなくていい。そしたらどっか雇ってくれるだろ」

「え？　気合いだけすか？」

だからこういうタイプ苦手なんだよな。俺に気合いとかあるわけないだろ。

「何もないお前ができる唯一のことは、コイツなら一生懸命やりそうだし、何かの役には立つかなって相手に思わせるしかないだろ」

「そんなんで雇ってくれる会社って、人気ないとか入れ替わり激しいとか、きっとワケアリですよね。そんなとこ行って、足元みられてこき使われることってないですか？」

「そういう可能性もあるよ。当然だろ。でも実務経験積むにはそれしかないんだよ。あとは自分しだいだな。運がよければ、そのうちもっといいところに転職できるだろ」

「いや〜そんなですか〜」

「そうだよ、だから地道って言ったろうが」

「うわ〜そういうの苦手だな〜。何かさくさくっと行く方法ないですかね」

「そりゃあるだろ、たぶん。でもな、スレスレのことやって1、2年食えたとしても長続きしないんだよ。だったら最初から5年後10年後を考えて地道に経験積んでくほうが利口なんだよ」

「そうすか〜」

「どっかで、どん！　って覚悟決めろよ。ぐだぐだやってるからそんな風なってんだろ」

「どっかで、どん！って覚悟決めろよ」

ショックで心臓が止まるのではないかというくらいの勢いで知也は背中を叩かれた。

うわっ！

覚悟という言葉が知也の心に強く響いた。

キーワードは覚悟か。この状況を打開するには覚悟しかないのか。たしかに覚悟を決めて積極的に動きださないと何も始まらない。

知也はその後、就職ではなく資格の勉強という道を選んだが、試験に落ちた今、就職ということに関しては当時と何ら状況に変化がないことを思い知らされていた。

人材登録会社のおっさんに言われたことはすでに臨床検査会社の課長に予告されていたのだ。こうなれば課長の言っていたとおり覚悟を決めて地道に行くしかないだろう。

もしかしたら仕事は大変で給料も安いかもしれない。しかし、突然仕事がなくなる可能性はバイトなどにくらべると明らかに低いし、貧乏でも生活は安定するはずだ。しかもそこで実務を何年か経験して何らかの技能を獲得できれば、その後もっといい会社に転職できる可能性もあるかもしれない。

Column

何をすればいいのか、わからないとき

まずは対話力を身につける

何をやってもうまくいかない、何をしたらいいかわからないというときは、対話力を上げることがお勧めです。

ビジネススクールや話し方教室に通ってもいいし、社会人のスポーツサークルや地元のボランティアに参加するという方法もあるでしょう。

なぜ「対話力」なのかといえば、それが社会生活を営むうえでの基礎的能力であり、対話力をふくむコミュニケーションスキルこそ、面接でも仕事でも「入口」となるからです。

かくいう僕も、じつは対話が苦手でした。対話力のなさが、フリーターになった原因のひとつだと考えているほどです。

対話力がついてくれば、より積極的に就職活動などにも取り組むことができるはずで、目標達成の可能性も高まるというものです。

苦しくても先が開ける可能性があれば、今より未来がよくなる可能性がほんの少しでも見出せるのであれば精神的には楽になるし、未来のために自分を制御して今を堅実に生きることができるかもしれない。

ある日突然、満足な生活を手に入れることはできなくても最初は最低限で妥協して、継続して経験を積み重ねる。そして、より高く換金できるようなスキルを手に入れることができれば、少しずつでも自分の望む生活に近づけるかもしれない。そのためには経験値を高められるような仕事がしたい。

フリーターのままだとなかなか経験値を高められるような仕事がない。ドラクエにたとえるなら、毎日惰性でスライムばかり倒しているようなものだ。経験値を積んでボスを倒すという目標がない。目標がないと、今、何をしていいのかわからなくなり、ただただ目先の娯楽に走ってしまいそうだ。

予想外の展開

人材登録会社や、大きな会社には全く相手にされなかったので、小さな会計事務所にでも雇ってもらおうかと考えていた矢先、勉強仲間の荻川からメールが来た。

なんでも資格学校の山下先生が知也に会いたがっているとのことだった。

山下先生は民法の先生で、資格学校の先生の中では最も親しく、話しやすい人だった。

「何だろう？　学校で雇ってくれるのかな？」

自分勝手な妄想を抱きながらとりあえず会いに行ってみると、普段は笑顔で競艇の話をしている先生が、珍しく真剣な顔をしていた。

「知也君、残念だったね」

知也を相談コーナーに手招きした。

「これからどうするの？」

「就職しようと考えているのですが、これがまた厳しくて……」

「そりゃそうだろう。でも僕が思うに、君は、今、就職するのではなくって、もう少し勉強したほうがいい」

「どうしてですか？」

「君は民法を頑張っていただろう。一年目で民法をあそこまでできるなら、やり方しだいでは合格も夢ではないと思うんだよ」

「君は可能性がある」と言われたのが嬉しかった。

民法は勉強するのが純粋に面白かったこともあって、たくさんの時間とエネルギーを使って勉強した。だから1年目の受講生の中では比較的成績がよかった。他の科目は大したことなかったので知也自身は合格に程遠いと考えていたが、なぜか山下先生は知也に頑張れとよく声をかけてくれた。勉強とはまるで縁の無さそうな知也が一生懸命民法を勉強する姿が印象深かったのだろうか。

生まれて初めて君は可能性があると言われたのが嬉しかった。しかし勉強生活を続けるお金はない。

大半の受講生は親の援助で学校に来ていたが、親父はバブル時代の借金をいまだに引きずっており、このところ取り立てもだんだん厳しさが増していた。31歳の子供の援助どころではない。

「そう言っていただけるのはありがたいのですが、親にはもう頼れないし、続けるお金がないんですよ」

「いや、そこなんだけどね。もし君にやる気があるのなら、運営委員にしてあげたいのだよ」

運営委員というのは、講義が始まる前に配布物を配ったりテストの監督などをする講座の運営補助者のことで、補助をやる代わりに授業料はタダになるおいしい制度だ。

どうやってなるかというと、合格して運営委員を辞めてしまう人の推薦だったり、学校の事務局が受講生の中から選んだりしているらしい。

あとで聞いたところ講師の紹介でというのはきりがなくなるので本来は断っているらしいが、山下先生はそこに知也をねじ込んでくれるというのだ。

予想外の展開に気持ちが揺れた。もう100％就職するつもりでいたが、不完全燃焼で終わってしまった公認会計士試験に未練がないといったらウソになる。

前回は途中で息切れしてスイッチが切れてしまったという後悔もあるので、もう少しやってみたいという思いがふつふつと湧いてきた。それに、もし学校に通うことができれば、またあの仲間たちと一緒に勉強できる。状況が許すならばもう一回チャレンジしたい。ただ、そのためにはあと1年無職でいることが必要になる。親の協力は不可欠だ。

ところが、実家は借金の返済で大変な状況になっている。親父との関係も微妙で、もう一回受験させてくれとは言いにくい。

山下先生にはちょっと考えさせてくださいと返答を保留して帰宅した。

家に帰った知也は母ちゃんに、家の状況はわかっているがどうしたものかと、お願いするというよりは相談するような口調で事情を話してみた。

母ちゃんは洗濯物をたたみながら、

「お父さんにちょっと聞いてみるわ」

と言ったきり、何か考え込んでいる。親父にどう伝えるか考えてくれているのか。

翌日、母ちゃんはここ最近ではめずらしく明るい表情で、

「お父さんと話したんだけどね、知也君、もう一回やってみたら」

てっきりダメだと言われるものと考えていた知也は、思わず逆に、

「俺、働かなくても大丈夫なの？」

と聞き返してしまった。

母ちゃんからは、親父と話して、知也が初めてあんなに頑張っているのだから、気の済むまでやらしてあげたいという結論になったと聞いた。

知也はすぐに山下先生に連絡を取り、受験勉強を続けることを伝えた。

上がらないモチベーション

山下先生や家族の協力によって勉強を再開できることになった。夏の論述式試験以来だから約3か月ぶりの勉強である。

夏のぐーたら生活から、いきなり朝から晩まで勉強漬けになる受験生活への切り替えは大変に決まっているが、与えられた貴重なチャンスなので、周りの人のためにも、もちろん自分のためにも全力で勉強しなければならない。

ところが、いざ学校が始まってみると、どういうわけか、まるでやる気が出てこない。学校に行くために毎朝起きるのすら苦痛に感じるほどだ。

思えば、会計士の資格学校に入るときにいきなりやる気全開だったのではなく、もっと前の日商簿記3級の勉強を始めたときから半年以上かけて徐々にモチベーションを高め、資格学校で仲間と切磋琢磨しているうちにやっと入ったやる気のスイッチだった。

もともとモチベーションは高くないし、気持ちの切り替えも下手な知也のスイッチがそう都合よく入るはずもなかった。それでも運営委員を引き受けてしまった以上、学校を休むわけにはいかない。

しばらくの間、ふわふわした気持ちでなんとなく学校へ行って運営委員の仕事をなんとなくこなす日々が続いた。

う～ん、このままだとマズいな。ズルズルどこまでもいってしまいそうだ。もっとちゃんとやらないと。

やる気を振り絞って自室の机に向かい、とりあえず早朝答練の復習でもしようと過去に受けた答練の問題用紙の束を探した。本棚を覗きこんで左から右へと目を移す。

簿記と原価計算のテキストの間に挟まっているのが見えた。

あったと思いながら手を伸ばすと、数冊の原価計算のテキストの横に監査論のレジュメが突っ込んであるのが目に入った。その横には、法律科目のテキストがずらっと並んでいる。

問題用紙を取ろうとした手が止まった。

なんかすっげーやることあるな。

そう思った瞬間、一気に気持ちが萎えてきた。

どうすればいいんだろ？　何からどうやればいいんだ？

少なくとも1年間は一生懸命勉強したはずで、それにもかかわらず不合格だったということは、合格のためにはもっと勉強しないといけないことだけは確かだよな。でも、もっと勉強って何をどうやればいいんだ？

とりあえずカリキュラムどおりにやれば2年目だし、もっと理解が深まって成績伸びるかな。いや、全答練（公開模擬試験）の成績は平均以下だったから、多少理解が深まるくらいじゃだめだ。飛躍的に成績を上げなければ。

でも、そんなことできるのか。考えれば考えるほどどうすればいいのかわからなくなってきたぞ。

やらなければいけないことは膨大にある。テキストやレジュメ、問題集、答練の束は大きな本棚の2段がいっぱいになるほどある。そしてその内容を自在に使いこなせるようにならないと合格はできない。見ていると気が遠くなってくる。

それにもかかわらず、2回目の短答式試験まではわずか半年ほどしかない。これをあと半年でやれというのか。既に手遅れのようにすら感じる。

2回目やるとか言って失敗だったのかな。いや、失敗も何もいろんな人の協力で2回目の受験を目指すことができているんだ。今さら、やめたくなったなんて口が裂けても言えないぞ。

やめるにやめられないが、何から手をつけていいのかわからずに苦悩する日々がしばらく続いた。

クリスマスソングが聞こえ出したある日、どうするかなこれ〜とぶつぶつ言いながら名古屋駅の地下街をぶらぶらしていた。

いつもの散歩コースの途中にある三省堂書店の前まで来たとき視界の隅に何かが入った。

ん？

スラックスに作業着の上着、専門書コーナーになんか見覚えのある姿が立っている。知也は近づいて声をかけた。

「あれ？　八洲男じゃん。何してるのこんなところで」

「本探してるんだよ。知也は？」

「ま、散歩というか」

「ふ〜ん、ヒマならコーヒーでも飲む？」

二人はすぐ近くの喫茶店に入った。

「最近調子はどう？」

「イマイチ。なんかやる気出ないし、そもそも何していいのかよくわからなくなった」

「ひたすら勉強すればいいんじゃないの？」

そんなことはわかってると、知也は少しイラついた。

「そう単純な話ではなくて、やることむちゃくちゃあるのに時間はないし、何から手をつけていいのかわからないし」

「あぁなんだ、そんなことか。ちゃんと前向きにやってるんだね」

「は？　どういうこと？」

「いや、前向きでなかったらそんなこと考えないし。ちなみに、試験日までどういうスケジュールで勉強するの？」

「スケジュールとか言われても、学校のカリキュラムに沿ってやるくらいだよ」

「学校まかせ？　そこはちゃんと考えたほうがいいと思うよ。計画立てなきゃ。あれ？　俺、前にそういう話、しなかったっけ？」

そういえば、何かそんなようなこと言っていたような気がする。

「なんで？　計画立てたって試験の点数よくなるわけじゃないじゃん」

計画という知也が好まない言葉が八洲男の口から発せられたため、反射的に試験と関係がないことを強調していた。

「何言ってんの、全然違うよ。目標に向かって限られた時間の中でそれを達成するためにはどうしたらいいか考えるんだよ。そのために今使えそうなものは何を持っていて、足りないものは何かはっきりさせて、足りないものはどうするのかちゃんと対策しないと。そこまで考えないと計画は立てられないから、逆に言うと計画がないってことは、目標達成のために大事なこと何も考えてないってことだよ」

「そんな大げさなもんか？　でもな〜計画か〜、夏休みの計画すらマトモに作れたことないぞ」

「なんとなく貯金しようと思ったたって貯まらないでしょ。何年何月までにいくら貯金しようって決めて、じゃ、一か月に必要な貯金額はいくらってのがわかれば、残りのお金で、どう生活していくのか考えようかってなるわけじゃん。勉強だって、なんとなくやるんじゃなくて、何年何月の試験で何点取るか決めて、目標とする実力と今の実力の差をはっきりさせて、その差を埋めるためには、いつまでに何をどのくらい勉強しなければいけないのか自分なりにやることを明確にしなきゃだめだよ」

「めんどくせ〜な〜、学校のスケジュールでいいじゃん」

「そりゃ、おおよそのスケジュールは学校まかせでもいいかもしれないけど、人それぞれ強みや弱みはあるわけだから、目標達成のためにはどうするのか少なくとも計画の前提となる部分は人それぞれ工夫しないと」

「う〜ん、そう言われても、あんまり実感わかねえ」

計画を立てなくてもいい理由を必死に考えていた知也は、以前、八洲男に言われたことを思い出した。

「そういえば、前に何でもいいから頑張ってみろって言わなかったっけ？」

八洲男は呆れたような顔で苦笑いした。

「たしかにそう言ったかもしれないけど、それはまず実行することが大事だから言っただけで、実行してみて結果が出なかったわけだから、次はもう少し考えて計画的にやったほうがいいってことだよ」

「わからんでもないけど、計画とかそういうの、なんか苦手なんだよ」

「そういうのって往々にして見たくない自分の弱点が露わになる気がしてイヤなんだよね」

「相変わらず痛いとこ突くな〜」

「やな感じするかもしれないけど絶対やったほうがいいよ。たとえ計画を学校のスケジュールに置きかえるとしても、目標を決めて、それをどうやって達成するか、達成には何が必要かくらいは簡単に整理しようよ。あとは進捗に合わせてちょいちょい見直しすればいいから」

「整理してどうなる?」

「何をやればいいのかがわかる。そして、やることがわかれば動きやすい」

戦国のヒーロー信長を目指す

「そこまで言うなら、試しに今ここで簡単に整理してみるよ。まず何から考えるかな」

「具体的な目標は?」

「それは半年後の試験合格でしょ」

「でなくて、もう少し具体的にどの科目で何点取るか」

「そんなとこまで考えたことないな〜。要は合計点で合格点に達すればいいわけだから。だいたいピンポイントで何点取れるかなんてわかるわけないよ」

「点数はあくまで考えるための目安だよ。科目によって点が取りやすい取りにくいとか、その時々で点の振れ幅が大きいとか得意不得意とかいろいろあるわけでしょ？　そういうの考えたうえで全体としてできるだけ高い合計点を取れるようにならなきゃいけないんでしょ？　そうやって目標を具体的に設定してやっと現状との差を明らかにできるんだよ。差を明らかにして初めて、それを残された日数でどうやって埋めるかを考えるという次のステップに進めるんだよ」

「あ～、なるほどね～、それで具体的な目標なんだ。やっとわかってきた。でも公認会計士試験受けたことない八洲男がなんでそんなこと自信もって言えるわけ？」

「会社やっててわかってきたんだけど、こういうのって、たぶん何でも一緒だと思うんだよね。目標立てて、達成するためにはどうするかって」

「試験が会社と同じ？」

「試験の場合は合格点だけど会社の場合は単純に言えば売上とか利益でしょ。だから、たとえば5年後に、このくらいの利益に持っていくという目標を設定したら、まずその内訳どうするか考えるよね。で、その内訳と現状と

上から目線かこの野郎。

を比較しながら、その差を埋めるためにどうすればいいか考えるんだよ。成長過程の事業にこのくらい投資しようとか、でもリスクも高いから今ある安定した事業も続けるけど、そこはできるだけコスト削減しようとか。そうすると、そのためには、いつまでにこういう設備や人材の配置転換とかこういう方面への営業活動が必要になるなとか、やることが明確になってくるわけじゃん」

たしかに八洲男の言うとおりだ。

コイツ、いつのまにか、すげえ大人の話をするようになりやがったな。

「知也の話を聞いてると、短絡的というかすごい無計画なところが気になってね。でも逆に言うとその部分はかなり伸びしろがあるとも言えるけど」

上から目線かこの野郎というのと、痛いところを突かれたので軽くイラっときたが、もやもやしていたものが徐々に薄らいでいくのも感じていた。

「今までは、知らないことを理解して詰め込んでいくだけで精一杯だったからな。合格の内訳なんて考えたこともなかった」

「勉強そのものについては、いろいろ工夫してやってたよね。応用が利くように図解して憶えてみたりとか、まわりに追いつくためにそもそも基礎的な能力を上げるとか言って考える練習してみたりとか」

「うん。でもそこらへんはそろそろ頭打ちというか」

「それで周りについていけてるとしたら、頭打ちというよりは必要充分と考えればいいんじゃない。あとは力の配分どうするか考えようよ」

「力の配分？」

「これまでは目標をはっきりと意識せずに、そこへ向かって勉強を積み上げていくイメージだったけど、これからは目標をはっきりと意識して、そこへ達するにはいつまでに何がどこまで必要かを明らかにして効率的に力を配分していくっていう逆算のイメージだよ」

「あ～たしかにそのほうが無駄がなさそうだ」

　知也は大きく頷いた。

「そ、頭いいだけに無駄なことといっぱいやってる優秀な人って結構多い気がするんだよ。そこに知也がつけいる余地があるはずなんだよ。やること無茶苦茶あるように思えるけど、枠組みを作ることだけはしっかりやって、あとの肉付けは目標達成のために必要な部分に集中すれば充分時間はあるはずだよ。膨大な資料全部丸暗記しなきゃいけないわけじゃないし」

「まあそうだけど、なんで時間があるってそんなはっきり言えるの？」

「だって他の人より時間の使い方を工夫しようとしているわけでしょ。それで知也に時間がないって言うなら、他の人はもっと時間がないことになるじゃん」

「相変わらずさらっと言うな～。そんなうまいこといくかな～」

そのときふと織田信長が頭に浮かんだ。圧倒的な劣勢をものともせず今川義元を撃破した尾張の大名だ。

歴史にさして興味はないが、たまたま古戦場の近くに住んでいたため、地元のヒーローとして昔から飽きるほど話を聞かされていた。

俺も織田信長にあやかって作戦勝ちを目指すか。

「作戦練って桶狭間の合戦だな」

「そうだよ。作戦だよ、作戦。合格のための作戦を考えながらモチベーション上げていけばいいんじゃない」

「わかった。こんど作戦検討します！　あとは、失ったやる気をどう取り戻すか」

知也は話に夢中になりすぎて、すっかり冷めてしまったコーヒーを飲んで大きなため息をついた。

「八洲男と話してたら、なんとなくその気になってきたけど、なんか前ほどやる気が出てこなくて」

「それは知也が頑張るしかないけど、そこまでやってこれたのって、たぶん段階的にゴールがあったからだと思うんだよ。簿記3級、2級って」

「あ~たしかに、そりゃそうだ。ちょいちょい達成感あったからな。あそうそう、簿記やってるときもそう思ったんだ。忘れてた」

いきなり大きな目標だとハードル高いから、目標を小分けして段階的にクリアさせる学習塾の話を思い出した。そうだった、テレビで見て感心したんだっけ。

「とりあえずやりやすい科目というか簡単に成果が出せそうなところから始めてみれば」

「そうだ、その手があったか、八洲男いいこと言うよな~」

もしかしたら八洲男はすごい奴なんじゃないかと思えてきた。常に知也の先にいる。八洲男の言うとおり、まずは勉強しやすく成果の出やすい科目から始めようと考え、そこらへんにあるビジネス雑誌を読むような感覚で気楽に勉強できる経営学と試験科目の中で最も興味があった民法の勉強から始めることにした。

当時の論述式試験科目は、簿記、原価計算、財務諸表論、監査論、商法（今でいう会社法）が必須科目で、経済学、経営学、民法のうち2科目を選択して合計7科目であった。必須科目は短答式試験の受験科目でもある。

多くの受験生はボリュームのある簿記、原価計算に最も力を注ぎ、最もボリュームが少なく短答式試験の科目に入っていない経営学は一番後回しにする傾向があった。

そんな早い時期から経営学を真剣に勉強しているのは知也ぐらいだったので、答練を受けると成績上位者に名前を載せることができた。

勉強する順番は明らかに間違っているが、3浪もしてやっと帝京大学に入った男が現役で東大に入った奴にテストの点数で勝っているという状況が面白くて、短答式試験の受験科目に入っていない経営学をたくさん勉強した。

これが意外にも知也の勉強へのモチベーションを高め、だんだんやる気が出てきた。

目標達成に必要な要素の明確化

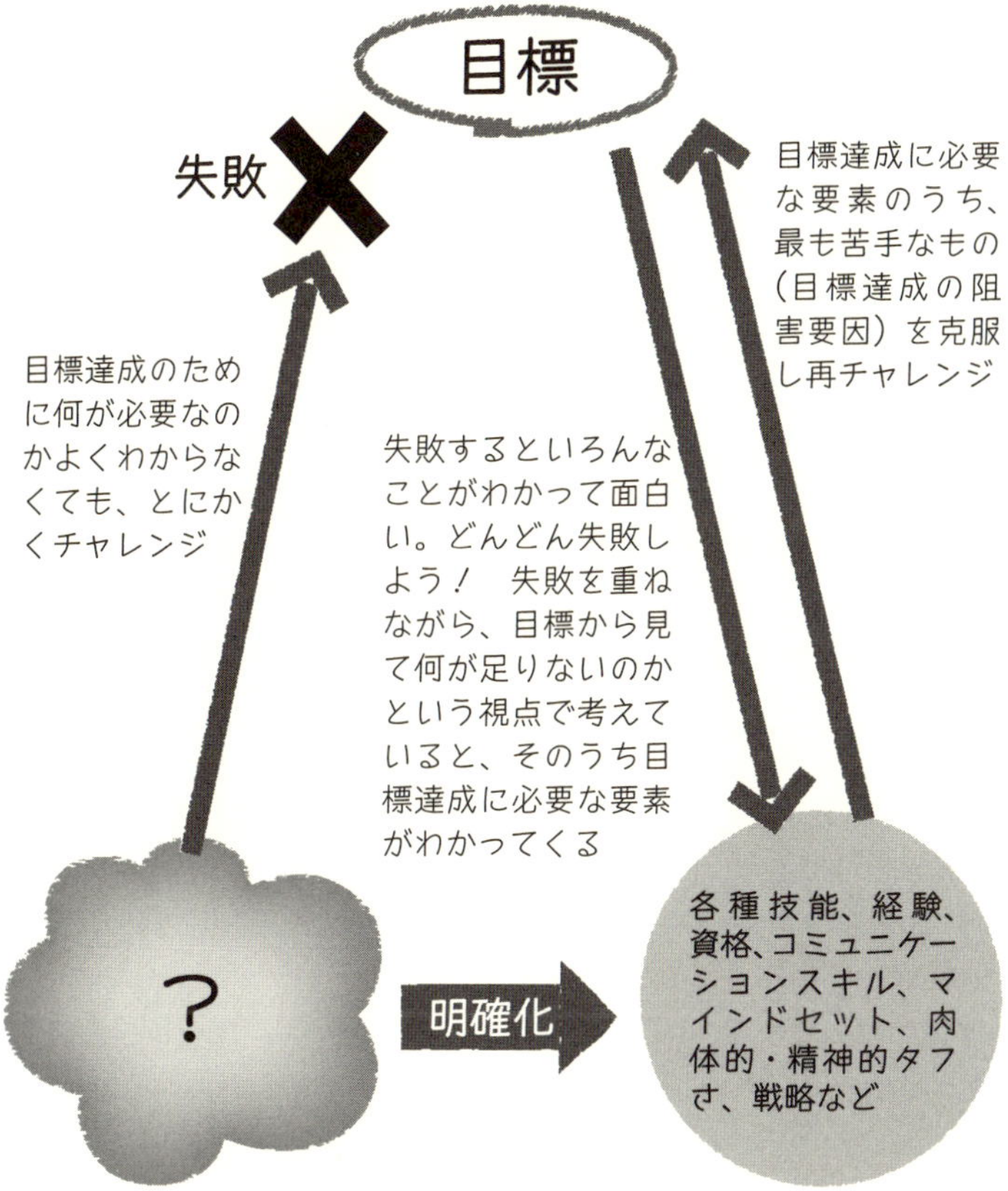
目標
失敗
目標達成に必要な要素のうち、最も苦手なもの（目標達成の阻害要因）を克服し再チャレンジ
目標達成のために何が必要なのかよくわからなくても、とにかくチャレンジ
失敗するといろんなことがわかって面白い。どんどん失敗しよう！　失敗を重ねながら、目標から見て何が足りないのかという視点で考えていると、そのうち目標達成に必要な要素がわかってくる
?
明確化
各種技能、経験、資格、コミュニケーションスキル、マインドセット、肉体的・精神的タフさ、戦略など

イヤ〜な予感

勉強が嫌いな知也がなぜややこしくて分量の多い民法に興味を持ったかというと、資格学校に入る前にいろいろ面倒な問題に巻き込まれて、民法を調べたことがあったからだ。

ちょこちょこっと調べたくらいで、膨大な試験範囲の100分の1にも満たないが、民法を知っていれば実生活にいろいろと役に立つことはわかっていた。

実際に学んだことが将来どう影響するのかわかりにくい物理や化学の勉強と違って、知らなかったことで窮地に追い込まれる可能性があることがわかっていれば、さすがの知也でも知ろうとする動機になった。

その問題というのはフリーター時代のある日突然降りかかってきた。

夜11時過ぎにバイトから帰ってきた知也に親父が震える声で近づいてきた。

「知也、これに名前書いてハンコ押してくれんか」

「はぁ?」

「実は、わしは××社に借金があるんだが、返済しないと訴えると言ってきとるんだ。額は大したことないし、わしはもうすぐ○○社にお世話になるだろう。そこの支度金ですぐ払えるから何にも心配しないでええ」

心配するなと言いながら声が震えているのは何だと、多少イヤな予感はした。

「ここにお前が名前を書いてくれれば、わしがちゃんと払いますよというのを相手に示せるんだ。家族のためだと思って書いてくれんか？」

そこには、連帯保証人と書かれていたがその意味すらわからない知也は、早く寝たかったのもあってよくよく調べることもせずに、

「わかったわかった」

と安易に署名捺印してしまった。

後日どうなったのか親父に尋ねたところ、親父はまたまた若干震える声で、「○○社の若い連中が、わしを受け入れることに反対しとるらしいんだ。だから支度金はもらえとらんのだ」

すぐに払えるから心配いらんといったのは誰だと責めたところ、親父に、

「なっちまったもんはしょうがないだろ」

と逆ギレされた。ことの重大さをうすうす感じ始めた知也は、連帯保証人

がどういうものか調べてみた。

古本屋で買った『ナニワ金融道』を読むにつれ、ことの重大さをはっきりと認識するとともに親父への怒りが増していった。親父は親父で必死なのかもしれないが、息子をそれに巻き込むことはないだろう。

結局その借金を最優先で支払うことで、かろうじて難を免れたが、そういう経験から勉強ができるできないに関係なく、世の中を生き抜くために学んでおかなければならない大事な知恵があることがわかった。

民法は試験に合格してもしなくても役に立つことを実感していたので、興味をもって勉強することができたのだ。

ようやく見えてきたゴール

勉強を始めたころにくらべればかなり成長してはいるものの、知也に特筆すべき能力はない。だから1回目と同じように勉強しても、同じ結果になるだろう。八洲男のアドバイスに従って桶狭間の合戦の織田信長のように、冷静に戦況を分析し、今もっているものの特徴を最大限に生かして戦い方を工夫するしかない。

二次試験の試験科目は7科目あり、現行の試験と違って科目合格はなく基本的に合計点で合否が決まった。ただし、あまりに点の低い科目があると足切すると試験要領に書いてあるので、ある程度はまんべんなく得点する必要があった。

一般的には、ボリュームもあって、ある程度できるようになった後も、常に問題を解く練習をしていないとそのレベルを維持できない簿記や原価計算のような計算科目を中心に勉強して、残りの時間で理論科目を勉強することになる。

計算科目は得意になると苦手な人に大差をつけることができるので、受講生の多くは計算科目を得意にしようと多くの時間を計算科目の勉強に注ぎ込んでいた。ただ、計算科目を得意にするためには脳みその高い瞬発力が要求されるので、それがない人は理論科目を得意にして計算科目のマイナス分をカバーするという作戦にならざるを得ない。

ところが、理論科目は計算科目ほど点差が開かないので計算科目のマイナス分をカバーしきれないことが多い。そのため理論科目派の人たちは受験回数が増える傾向にあった。

さて俺は、どっちなんだろう？　計算科目派か理論科目派か？

民法と経営学は割と早い時期から勉強していたので、だいたいの目途は立っている。残りの科目はきっちりと枠組みができるまで理解に徹する勉強をしてきたことから、どうにもならないような苦手科目はない。

ということは普通に考えれば、あとはひたすら計算科目を勉強して計算科目派になればいいのか。

いや、ちょっと待て。さして瞬発力のない俺の脳みそで計算科目を得意にしようとするなら膨大な時間が必要になるぞ。要は受かればいいんだよな。

八洲男の言うようにゴールを明確に意識して、そこに最も短時間で到達するためにはどうしたらいい？　どう力を配分すればいい？　俺の特徴はなんだ？　得意科目がないってことか。いや、逆に苦手科目もないぞ。

そうだ！　それでいいんだ！

２００点満点の簿記で今の点数に加えて50点取るのは至難の業でも、それに費やす時間を他の科目に回せば全体であと50点取るのはそれほど難しくない。よし、得意科目も苦手科目もつくらない全体底上げ作戦でいこう！

Column 自分の「弱点」の扱い方

苦手を得意にする必要はない

目標に向かって進んでいくうちに、自分の弱点を知ることも多々あります。

誰でも痛いところをつかれるのはつらいので、目を逸らしがちですが、目標達成のためには苦手な部分こそ克服すべきものです。

とはいえ「苦手を得意」にする必要はありません。「苦手を人並み程度」にすればいいのです。

資格試験でも就職活動でも、苦手なものが目標達成の最大の阻害要因になることが少なくありません。

得意なものをさらに伸ばすよりも、苦手なものを人並みにするほうが、効率的な対策となるはずです。

ある科目について基礎をしっかり押さえて一通りマスターできれば、平均点のちょっと上程度には持っていけるかもしれない。

ところが、トップレベルまでもっていこうとすると、他の科目そっちのけで、その科目に膨大な時間を注ぎ込んで勉強しなければならない。しかも、それで必ず得意科目にできる保証はない。だったら、その労力を他の科目にまわして、全体として苦手も得意もない状態にしようと考えた。

大抵の受験生は不安から得意科目をつくろうとする。とくに計算科目に固執することが多い。そこで、あえて得意科目を作らない、個々の科目についてそれが得意な人に大差をつけられない程度を限度として勉強するという方針にすれば、全科目に充分な勉強時間を振り向けることができる。

なかでも計算科目に対して必要以上の時間を費やさないよう気をつけた。そうすれば時間の使い方の効率性というライバルに対するアドバンテージを得られるのではないか。

敗北に終わった1回目の試験前に受けた、全答練（公開模擬試験）では平均点のかなり下という科目が多かったが、7科目合計では平均点のちょっと下だった。ということは全科目平均点をとれば、7科目合計では平均点よりそこそこ上、たぶん上から3分の1近くには入れるだろう。それなら、全科目平均点プラスα程度でそろえれば、全科目の合計点では充分合格レベルに達する。苦手科目を得意科目で補って合格しようとすると、得意科目で思うように点数が伸びなかった場合、苦手科目のマイナス分をカバーできずに不合格となってしまう。

そうではなく、全科目そこそこできるという状態にして常に安定して各科目平均点ちょっと上が取れれば、安定して合格点を取れるのではないか。そのうえで余力があれば得意科目を作ればいいと考えた。つまり、最も費用対効果の高いと思われる方法で合格を目指した。それが知也の作戦だった。

別に学者になるわけではないので、必要以上に深く勉強しなくてもいい。要は安定して合格点を取ることだけを考えればいい。各科目について基礎を中心にだいたいマスターしたくらいのレベルでいいと考えれば、やるべきことはある程度限られる。

学校のスケジュールを参考にしながらやるべきことを整理して残りの日数に配分してみると、意外とイケそうだということがわかってきた。

本当だ。八洲男の言うとおりだ。時間は充分にある。

合格のために何をすればいいのかわかってきたとたん、溢れんばかりのやる気が出てきた。ゴールが見えた気がした。

試験のカラクリを見破る?

「お久しぶりですね。頑張ってますか?」

資格学校が入っているビルの地下1階エレベーターホールで、高そうなスーツを着た男に声をかけられた。

あれ? 誰だっけ? でも見覚えあるぞ……あ、たしか、勉強仲間の横山の友だちの佐竹さん!

「あっ、あ~お久しぶりです。今日は何されてるんですか?」

「今、必死に思い出してましたね。今日は事務勤なんですよ」

バレたか。

事務勤? そうか。乗るエレベーターが違うからほとんど会うことはないけど、資格学校と同じビルの上階に二つも監査法人が入ってるんだっけ。

資格学校で勉強して、合格した勝者は上の階の監査法人で働くなんて、人

何をすればいいのかわかったとたん、
溢れんばかりのやる気が出てきた。

生の縮図のようなビルだな、ここは。

「そ、そうだ。せっかくお会いできたので、ちょうど聞きたいことがあるんですが、今ちょっとだけ大丈夫ですか？」

ぎりぎり思い出しといて、いきなり頼みごとするなんて図々しいかなと思いつつも口に出してしまっていた。

「あ〜全然いいですよ。ちょうどこれからランチ行くとこなので、一緒にどうですか？」

男二人で入ったのは、すぐ近くにあったかわいいオムレツの店ラケルだった。一応、監査法人の仕事などについて聞いてみたりもしたが、食べ終わってコーヒータイムとなり、ゆっくり話せる体制が整うやいなや、得意科目も苦手科目も作らないという知也の作戦について意見を聞いてみた。

「私個人の意見ですけど、それ、すごく理に適《かな》っていると思いますよ」

佐竹は感心したようにゆっくりと頷いた。

「ちょっと前に仕事上の必要に迫られて情報システム関連の資格をいくつか取ったんですけど、まさに得意分野をつくるよりは苦手分野をつくらないという勉強方法で効率的に合格しましたから」

現役の公認会計士に感心され嬉しくなった。

「佐竹さんにそう言ってもらえると力強いですわ。けど、資格試験てそういうもんなんですかね？」

「闇雲にやるのが大嫌いなので、試験受ける前にいろいろ研究したんですけど、どうも資格試験て、得点調整する場合があるらしいんですよ」

「得点調整？　何ですかそれ？」

「問題の難易度にかかわらず合格者数が毎年そんなに変わらないなんて変だと思いませんか？　たとえばの話なんですけど、超難問だったりするとみんなが得点の低いほうにかたまってしまって、同じ点数の人がたくさんいるわけですよね。そんな中から、ある点数でバサっと切って合格不合格ってやると、合格者数って試験の度にもっとバラけるはずなんですよ。だから一旦サンプルでいくつか採点してみて、その状況に応じて配点を変更したりとかしてるんじゃないかと」

「それって合格者を選びやすくするためですか？」

「たぶんそういうのもあるし、優秀な人の正答率の高い問題の配点を上げて、正答率の低い問題の配点を下げることで、ちゃんと理解できている人が正答できるような重要な問題をまんべんなく正答できるような人を合格させようという意味もあるのかもしれないですね」

「へ～、そんなの初めて聞きました」

「そうするとどうなるかっていうと、難問ができていたとしても本人の感覚ほど他者に差がついてなくて、逆に基礎的な問題を間違えていたとすると、本人の感覚以上に他者に差をつけられている可能性があるということになるんですよ。ということは、得意分野を伸ばして苦手分野をカバーしようとしても本人の感覚ほどカバーされてなくて、苦手分野がなくて基礎的な問題がきちっと網羅できていれば本人の感覚以上に点数が伸びている可能性すらあるんですよ」

「なるほど～！　じゃ僕の作戦はバッチリじゃないですか」

「そうなんですよ。だから感心したんですよ。よくそこに気づきましたね」

「いや～完璧にたまたまです。なんだか超嬉しくなってきたんですけど。ちなみに公認会計士試験でもそういうことってあるんですか？」

「残念ながらそれはわかりません。でも、仮に噂どおりそれに近いことが行なわれていたとすれば、苦手科目を得意科目で強引にカバーするよりは、苦

Column

目標は達成できる

人間には成長を促す仕組みが内在している

才能はないし、努力もできない。どうにかしようとする気力も湧かない。このまま何もできずに時間だけが過ぎていくのだろうと、フリーター時代の僕は人生を半ば諦めかけていました。

ところが、自分のできるところから始めて、少しずつ成功体験を積んでいくことで、それまでできなかったことが徐々にできるようになっていくことに気づいたのです。

そして、さらに続けていくことで、より大きな目標に近づいていけるということが実感としてわかってきたのです。

74ページで段階的に目標をクリアする方法として「シェイピング」を紹介しました。これは単なる心理学的なテクニックではなく、自分のレベルに合ったことに自発的に取り組み、それを継続することで、人間に内在する成長システムが起動し細胞レベルで物理的な変化が起きるのではないかと考えています。

手科目がないほうが全体としては効率よく点数を稼ぐことができるはずなんです。まあ資格学校の模擬試験では配点は比較的均等に振ってあるので、そのあたりは感じにくいかもしれないですけど」

「あ、いや、いいんです。進むべき道を間違えていないという確信をもてただけで満足です。ほんとありがとうございました」

「得点調整があってもなくても、試験に対する考え方は絶対に間違ってないと思うのでその作戦で頑張ってください。上で待ってますよ」

大ピンチ! 家が競売に!!

ある日学校から家に帰ると、ただならぬ様子……家の中の空気が凍りついている。母ちゃんが封筒を持っていた。裁判所からだった。借金返済が滞っていたので、借入先の金融機関が遂に抵当権を実行したらしい。

「知也君、この家競売にかけられるんだって」

「競売!」

民法で習ったあれか……。

「この先どうなるんだろうねぇ」

母ちゃんは幼少のころ比較的裕福な家庭に育ったため、お金に困る貧乏生活にあまり免疫がない。貧乏に育った雑草のような親父と違って、家を取られるということをまるで命を取られるかのように受け止めていた。

「まぁ、何とかなるよ。引っ越せばいいだけだし」

知也も心配だったが、この世の終わりのような顔をしている母ちゃんの前ではそういうのが精一杯だった。

実は、抵当権が実行されるのは2度目だった。1度目は関係者間で協議し、なんとか取り下げてもらったが、さすがに2度目は容赦なく実行された。

仕方のないことだが、親父は生活よりも借金の返済を優先させていたので、このところずっと貧乏生活が続いていた。食べるものに困るほどではなかったが、公共料金の支払いは常に滞納し、何回か電話や電気を止められた。

車の車検は切れっぱなしで、動かなくなった車を駐車場に放置していた。

同居していた祖母も肺癌を患い自身の死を悟ったとき、家に叔父を呼び、

「わっしはもうだめだでよ、葬式の金はあんたが出しなさい」

家にお金がないことはわかっていたのだろう、介護ベッドの上から叔父に

そう命令した。

心がことさら痛んだのは、飼い犬のパッシュが病気にかかったときだった。お金がないのですぐに病院に連れて行くことができずに、そのまま死んでしまった。こんな貧乏な家に飼われなければ、もっと幸せな「犬生」を送れたであろう。

チャップリンが「幸せな人生に必要なのは愛と勇気と少しのお金」と言ったそうだが、まったくそのとおりだ。

どれだけ愛があっても勇気があっても多少はお金がないと、愛ある生活を維持することができない。チャップリンの言うとおりで貧乏すぎて家族はギスギスしていた。そこまで切り詰めても借金を返済することはできずに、家は競売にかけられてしまったのだ。

もし競売に参加する誰かがこの家を買えば、春には家を明け渡さなければいけないらしい。そうなったら一体どこに住めばいいのだろうか。

仮に賃貸住宅を借りるにしても敷金や礼金、引越費用などが必要になる。バカ正直な親父が金融機関に内緒でどこかにお金を蓄えているとは思えない。しかも、賃貸の場合は大抵連帯保証人が必要になるが、それを引き受けてくれそうな人など、どこにも見当たらない。

保証人のいらない小さな部屋を見つけて、両親だけで年金生活という手もあるかもしれない。だが、もしそうなったら、親についていくわけにはいかないので、子供は自活しなければならない。

しかし、知也は受験生で収入はない。弟はスーパー虚弱体質フリーターでとても自活は無理だろう。自活する力をもっているのは妹しかいないが、さすがに妹についていくのは気が引ける。

悠長に勉強なんかしている場合ではなく、今すぐにでも就職して自活できるように準備したほうがいいのではないかと知也は焦った。

もう勉強はやめて働きに行こうかと言う知也に母ちゃんは、

「そこまでやったのだから、そのまま最後までやって合格して。お父さんはもうだめだから、あなたはこれからのためにも頑張って」

と、働けと言うどころか勉強を頑張れと知也を励ました。とんでもない状況だったが、なるようになるまで勉強は続けることになった。

「幸せな人生に必要なのは愛と勇気と少しのお金」

ホームレスの危機は脱出！

もうすぐ住むところがなくなるかもしれないという不安と、今のうちしか勉強できないかもしれないという心配を、いや、幸運にも今勉強できるというポジティブな思考に無理矢理変換して勉強を続けていた矢先、競売で家を購入した業者が挨拶にきた。こんな家、誰も買わんという親父の希望的観測は見事にハズれた。

春までには出て行けということだったが、幸いなことに、期限ぎりぎりに母ちゃんの知り合いのツテで引越し先が隣の駅近くに見つかった。そこは床にテニスボールを置くとコロコロと転がっていくような小さなボロ家だったが、ホームレスより100倍はマシだ。

引越し資金はなかったが、これも母ちゃんの友人に手伝ってもらい、引越会社なしで2週間もかけて引っ越した。

持つべきものは友だ。希薄な人間関係が叫ばれる昨今よくぞこれほどたくさんの人が手伝いにきてくれたものだ。両親共に人間関係を大切にしていたが、それが功を奏したわけだ。とても家族だけでの引越しは無理だった。

引越し先の家はもともと住んでいた家の3分の1くらいの大きさだったので、持っていく荷物は厳選した。

ボロ家に持っていけないものは、大事なものだけ親父の知り合いから借りた倉庫に持って行き、それ以外は捨てることになった。

短答式試験直前の大事な時期だったが、知也もやむを得ず引越しを手伝うことにした。

家具類のほとんどは力持ちの大島君に運んでもらったが、大物は知也も手伝わざるを得ない。しかし、勉強生活のストレスで弱りきった体にはこれが相当堪えた。なかでも妹のピアノを倉庫に運んだときは、あまりの重さに背骨が折れるかと思ったほどだ。正直なところ途中で火をつけて燃やしてやりたかった。

引越し作業も終盤に差し掛かり、家の中がだんだん広くなってきた。物がないとこれほどまでに広いのかと驚いた。

近所は住宅地でいっぱい家が建っているが、昔は七軒家といって七軒しか家がなかったそうだ。ずっと昔から先祖代々住んでいた土地を望まない理由によって他人に取られてしまう。

近所に住む親父の友人もここらあたりが田んぼと山ばかりで、蛍がいっぱい出ていたことを知っている人が減るのは寂しいと言ってくれた。

がらんとしたリビングで、紐で縛った本の束の一つに親父がポツンと座っていた。肩を落としてさみしそうだった。親父のそんな姿を見るのは初めてだった。自分は大物であるという幻想に取りつかれ、肩肘張って必死に背伸びをして生きてきた親父が初めて自分の真の姿と向き合っているようだった。声をかけることを躊躇《ためら》っていると、親父が先に口を開いた。

「わしは間違ってたんだなぁ。お金を集めてお金から自由になるつもりが、どんどんお金に縛られていったんだ」

「もう今さらしょうがないよ。何をするにもお金は必要だし、それにほんのちょっとの間だったけど、いいときもあったじゃん」

「そうだな……しかしなあ、安心して楽しく暮らすためのお金だったのに、いつのまにかお金そのものが目的になっちまったんだ」

一流のプロスポーツ選手のように自己実現できるフィールドを確保したうえで大金が転がり込むならともかく、そうでない人がたまたま大金を手にしてしまうと、それはおそらく自己顕示のためにロクでもないことに使われていく。
さして興味もない高級品を買ってみたり、派手に飲み歩いたり、もしくはもっともっとお金を増やすための大掛かりな錬金術に手を染めてみたり。そして、そのうち歯止めが利かなくなり、いずれ破綻する……。バブル時代お決まりコースに親父もまんまとハマってしまった。お金はもつ人が自然体を保てる程度にもつのがいいのだろう。それ以来、親父は普通の親父になった。

生まれたときから住んでいた家を他人に取られることで最も心が痛んだのは、庭が更地にされてしまうことだった。庭にはたくさんの木々が生きていた。榎、松、あじさい、ざくろ、ザボンの木、椿や知也が生まれた記念で植えられたほうの木などなど……。

なかでも松と榎には特別の思い入れがあった。松はひい爺さんが植えたもので、伊勢湾台風で一度倒れたが、起こして植え直したら復活し、斜めに伸びていった。榎はさらに前から生えていたらしい。どちらも太平洋戦争を生き延びてきた家の主みたいな存在だ。

知也は小さいころからよく松や榎に登って遊んだ。松に登るとちょうど2階の屋根と同じくらいの高さだったから、子供にとってはちょっとした冒険だった。榎はそこまで高くはなかったが、幹は太く生命力に溢れ、登ると気分がよくなった。

8歳の知也が心臓手術のために入院する日、無事に帰ってきてまた登るからと幹に触れたら不安な心が安らいだ。そんな自分にとっては家族のような木々がどうでもいい人間の勝手な都合で切り倒されてしまうのが残念でならなかった。

引越し最後の日、知也は松と榎にお別れを伝えた。

「いままでありがとう。さようなら……」

最後に榎に触れた瞬間、知也の右手がしびれた。こみ上げてくるものがあった。

限界を超えて見えた世界

引っ越してすぐに短答式試験があった。この時期から受験生はラストスパートをかける。知也も渾身の力を振り絞った。1回目の受験のときは試験会場にサイコロを持っていくようなふざけた受験生だったが、2回目となる今回はそんな余裕はない。

合格と不合格の違いを夏の就職活動でいやというほど認識させられていたし、母ちゃんの尋常でない期待を考えるとこんなところで落ちるわけにはいかなかった。試験日が近づくにつれて、1回目とは比較にならないほど緊迫感が増していった。

試験日当日は緊迫感からくるストレスのせいで体調はよくなかった。相変わらず試験会場は暑い。体調の悪さに加えて、初夏の湿気の気持ち悪さと緊張感が知也の周りの景色をゆっくりとまわしていた。

ベストコンディションとは言い難い状況。しかし、試験が始まったその瞬間、自分でも驚くほど知也の体は静寂に包まれた。

それは、家を追い出されるという状況のなかでベストを尽くして勉強してきたという自信が土壇場での精神的な余裕を生み、背水の陣という強い思いがすべてのエネルギーを試験に集中して体調を気にする回路をオフにしたのだ。とにかく何も感じなくなった。

気がつけば時間内にすべての問題を解ききっていた。その日は試験が終わり、夜になっても体が火照り一睡もできず、翌日は熱が出た。

人に期待されることですごい力が湧くと初めて知った。

全身全霊の力を叩きつけた短答式試験は、自己採点によれば予想ボーダーラインを遥かに超え、９割近い正答率を得た。これで論述式試験の勉強に集中できる。１回目の受験のときはここで力尽きたが、今回は力尽きる余裕すらない。力尽きればそこですべてが終わるからだ。

傾いたボロ家での勉強は、信じられないほど集中できた。

半分諦めかけていた勉強が続けられるという喜びと、自分の将来のためにどうしても合格したいという思いが知也を勉強へと向かわせた。まるで地獄から這い上がるために、極楽から垂らされた細い蜘蛛の糸を必死に登っているかのようだった。

それに、こんな状況のなかで勉強を続けさせてくれている親の期待にどうしても応えたかった。今までこれほど親に期待されたことはない。人に期待されるということですごい力が湧くということを初めて知った。

もちろんストレスはすごかったが、それを上回る覚悟があった。受かるか死ぬかのどちらかだ。大げさだが、故アイルトン・セナの予選アタックのような勉強を日々続けた。

肉体的にも精神的にも壊れるかどうかの瀬戸際だったが、自分という道具の能力をすべて使いきっているという充実感というか気持ちよさというか、不思議な一体感を感じることもあった。

試験が近づくにつれて、答練も予想問題が多くなるが、見たこともないような問題もよく出題された。

試験日間際にまるで知らない問題が出されると不安になったが、それまでやってきた勉強の範囲を広げることはせずに、やってきたことが出れば確実に点数を稼げるようにしようと考えた。突拍子もない問題が出れば他の人もできないはずだから、それよりも良問を絶対に落とさないことが重要だと自分に言い聞かせ、体力、気力の続く限りのラストスパートをかけた。

論述式試験の1週間前、真夏の夜、最後の追込み。ふと机を見ると、消しゴムのかすだらけ。目線を上げた瞬間、頭のなかで風が吹いた。ばらばらだった知識の断片が、化学反応を起こしたかのように有機的につながっていく。

そして、とても小さなものに感じた。少なくとも試験勉強に関して、自分にはもうやるべきことがないことを悟った。同時に自分という道具を使って、これ以上高く飛ぶことはできないことも悟った。

知也は窓をあけて外を眺めた。遠くに国道1号線を走る車のライトが見える。生温かい風が気持ちよかった。今まで自分のことはあまり好きではなかったが、ここまでこられた自分に初めて満足した。

やっとここまで来たのだ。諦めずに続けて生まれて初めてやりきったのだ。あとはもうどうでもいいとさえ思った。一生懸命刀を砥いで、最高に仕上げた状態で切れない敵がいれば、それは敵が偉いに違いない。

すべてを出し尽くした満足感

知也は決して本番に強いほうではない。今さら自分を強くすることはできない。その代わりに、本番に何が起こってもいいように事前に準備した。

資格学校で本番形式の3日間の模擬試験は2回あったが、1回目は眠れないことを想定し、徹夜して受けた。2回目はストレスから急性胃腸炎を罹っていたので欠席しようかとも思ったが、腹を壊したシミュレーションとして無理矢理出席した。

「あ〜いたたたた、腹いたた」

「おほほぉ、知也君大丈夫？」

大丈夫とか言いながら顔は明らかに笑っている荻川にムカつきつつトイレに駆け込んだ。各科目の試験開始の５分前までトイレにこもり、試験開始と同時に問題だけでなく自分の肛門に押し寄せる大波小波とも戦った。

そして試験終了と同時にまたトイレに駆け込んだ。

「何してるの？　休めばいいじゃん」

「ばーか、本番で腹壊した練習だよ」

「よくやるね〜、ちょっと漏らしてんじゃないの〜」

「漏らしてね〜よ」

「知也君の家、介護用品店でしょ？　おむつすりゃいいじゃん」

そうだ！　荻川のくせにナイスアイデア！　本番でこうなったらそうしよう。

結局、１回目も２回目も健康で受けたら間違えなかったであろう問題を加味しても、健康で受けたときと、それほど変わらないことがわかった。要するに気合いが入っていれば自分が思っていたほど、当日の体調は点数に影響しないことが確認できた。

試験日前日の昼過ぎ、知也は玄関で勢いよく靴に足を突っ込んだ。そばに置いてある大きな荷物に手をかけたところで母ちゃんに呼び止められた。

「ちょ、ちょっと知也、どこ行くの？」

「試験だよ」

「試験、明日って言ってなかった？」

「ホテル泊まる」

「ホテル？　家からでも行けるでしょう？」

「集中したいんだよ」

「あ、そう。あんたお金あるの？」

「うん。でも最後の。帰ってきたら無一文」

「もうあんたの好きなようにしなさい。悔いのないよう頑張って」

「わかった」

「これ持ってきなさい」

母ちゃんは1万円を知也に手渡した。

「どうも」

「落ち着いてね。自分と闘わないようにね」

Column 一芸に秀でる必要はない

幕の内弁当から学んだこと

これといって芸のないまま、凡庸なままで、つぶされそうになるほどの将来不安を感じずに生きていく方法はないだろうか。フリーター時代はそんなことをよく考えていました。

ある日、幕の内弁当の蓋を開けたとき、はっとしました。これだ！一つ一つのおかずのクォリティは大したことないが、それが程よいバランスで集合することで一つ一つのおかず以上の価値を生み出している。なるほど、僕はここを目指せばいいんだ。一芸一芸は人並みでも、それを組み合わせてパッケージ化することで、全体としてほどほどに生きていく程度の競争力を保てるのではないか。これに気づいてから、人生に対するプレッシャーは激減しました。

実際、目標達成を阻害しているのは多くの場合限られた弱点であり、これを207ページのコラムで書いた成長システムを起動させることで人並み程度に改善することができれば、気の遠くなるような年月をかけて何かに特別秀でなくとも、生きていくのに必要な程度の目標は達成できてしまうのです。

やれるだけのことはやってきた。あとは力を出し切るだけだ。

「は？」

「ほら、眠れなくなったり、緊張してもそれでいいんだから」

「わかってるよ。じゃ行くよ」

実家は名古屋市内だったので通うことはできたが、試験会場が駅から遠いので、炎天下かなりの距離を歩くことになり、行くだけで疲れてしまう。近くのホテルに泊まって、そこからタクシーで行けばエアコンが途切れない。もちろん、なけなしの金だったので試験が終われば無一文になるが、これがもう最後の受験だったので、悔いの残らないように持っている資源はすべて使いきろうと考えた。

1回目の受験のときは、初日から全然できなかったこともあるが、2日目午前の原価計算が終わったところで諦めてしまい、脳みそが完全に動かなくなった。今回はきっと大丈夫だ。やれるだけのことはやってきたし、1回目と違って試験を受けるのが楽しみという気持ちさえ芽生えている。

試験日当日、会場に着いて自分の席に行くと周りは知らない受験生ばかりだった。きっと他の資格学校の受講生なんだろう。隣は知也のタイプとはかけ離れたがっしりした女性だった。前後は大人しそうな若者。やった！　今年は席に恵まれている。これは試験に集中できるぞ。

試験官の合図とともに最後の論述式試験が始まった。一斉に問題用紙を開ける音に包まれた。どかんと緊張感が高まる。

俺はもうやれるだけのことはやってきたんだ。あとは力を出し切るだけだ。大きく深呼吸し、目を閉じると、とても澄んだ気持ちになっていった。そして、前向きな気持ちと心地よい緊張感が最高の集中力をもたらした。

知也のもっているものすべてを組み合わせ、人生を賭けてベージュ色の紙に全神経を注いだ。


３日間の試験が終わり、会場の外に出て勉強仲間と合流した。

荻川がそわそわしていた。

「知也君どうだった？」

「まあやれるだけのことはやったよ。それよりみんなで焼き肉行こうよ」

「おっ、いいね！　肉、肉」

試験会場から最寄駅まで仲間とぶらぶら歩いた。もうすぐ夕方だがまだ日は高く気温も高い。それでも、途方もない解放感が真夏の太陽さえ心地よく感じさせた。

名古屋駅近くの焼肉屋で乾杯だ。ビールが美味い。めちゃくちゃに美味い。食べながら試験やこれまでの出来事を話題にして勉強仲間と盛りあがった。なんだか夢のようだな。かつてないほど密度の濃い2年半だったが、過ぎてしまえばいい思い出だ。

それにしても彼らと仲良くやってきて本当によかった。

あまりの大変さに何回も勉強を止めたくなったが、彼らがいるから学校に行く、勉強しに行くというより彼らに会うために学校へ行こうと思うことで重い体を引きずって通い続けることができた。行けば刺激を受けて、みんながやるなら自分ももう少し頑張ろうと思い直すこともできた。

もし一人で勉強していたらここまでやってこられなかっただろう。合格は一人一人に与えられるものだけど、同じ目的を持った仲間と一緒に歩いたことでここまで力を蓄えることができたのだ。

「ところで、合格発表日まで何するの?」

焼肉屋を出たところで、夏休みはゆっくり旅行するという荻川が話しかけてきた。

「バイト」

そう言いながら、知也は350円しか入っていない財布を見せた。それが全財産だった。

「うふ、何それ、またバイト？　結局またフリーターになっちゃったりして」

「うるせーよ」

「じゃ、また2か月後」

「おう」

2か月後の再会を誓い、荻川たちと別れた。とりあえず、短期のバイトで食いつなぎながら合格発表を待つことにした。

今日はダメでも明日なら

真夏の論述式試験から2か月弱、2002年10月初め。

早朝に一度目が覚めたが再びうとうとしていた午前9時過ぎ。

ぶうううう、ぶうううう……。

んっ？　枕もとの携帯が動いている。電話の主は勉強仲間の荻川だった。寝ぼけてはいたが、何の電話かすぐにわかった。

「いや〜、よかったよかった。合格させてもらったよー」

キズだらけの携帯から荻川の嬉しそうな声が飛び込んでくる。

今日は公認会計士第二次試験の合格発表日。彼の声の向こうに発表会場のざわついた空気を感じる。受かっていれば会計士補となって監査法人に就職できる。遂に貧乏生活にさよならだ。

「よかったね〜おめでとう。それで他は誰が受かった？」

そう言いながら知也は頭の中が急に沸き立ち、胸の鼓動が大きく激しくなるのを感じた。

「松原、牛丸……」

いつものことだが、荻川は肝心なことをなかなか言わない。知也はだんだん不安になってきた。ああああああも〜誰が受かろうと落ちようと知ったこっちゃねぇんだよ！　俺はどうなんだよ、俺は！

知也は高ぶる気持ちを抑えながら、恐る恐る小声で尋ねた。

「それで、俺は？」

「はぁ？　受かってるよ。落ちた人に電話するわけないでしょ。知らなかったの？」

「はぁぁぁぁ……よかった……やった！　これ〜えぇぇ！」

「うそ〜！　ほんとに知らんかったのー！　あはははは」

荻川のすっとぼけた声を聞いたその瞬間、体のなかで何かがぶわっと流れ出した。緊張で閉ざされていた体液の門が一斉に開き、体が軽くなってゆっくりと目の前が白くかすんでいった。

電話を切るとわけがわからないほど涙があふれてきた。そして、出来事というか景色というかわけのわからないものが頭の中でぐるぐる回った。

その後、しばし空白のなかを漂った。まるで瞑想でもしているかのようだ。しだいに暖かくなってきた。うれしさに加えて安堵感に満ち溢れた。

布団の上でしばらく余韻に浸っていた。心地よいその場にずっとずっと留まっていたかった。

おもむろに立ち上がり、階段をミシミシ下りていくと、水漏れの止まらない湿った台所に母ちゃんが立っていた。

母ちゃんはよほど心配なのか知也の顔を見ない。

知也はあえてこみ上げる喜びを押し殺し、ポーカーフェースを保った。

満面の笑みを浮かべ、「母ちゃん！　受かった！　受かったよー‼」と言うのは知也のキャラではない。どことなくネクラなので感情を外に出すのではなく、内面で処理するのが好きなのだ。

爆弾のごとく喜びを爆発させるのではなく、木炭のようにじわじわ湧き出てくる暖かい喜びをできるだけ長く長く噛み締めていたかった。

「これからちょっと出かけてくるよ」

「あそう、どこ行くの？」

怪訝《けげん》な顔をする母ちゃん。

「監査法人が今後の説明するから来て欲しいって言うんだよ」

「えっ？」

母ちゃんが目を見開いた。

「合格したみたい」

知也は冷静を装い、まるで他人事のように言い放った。

その途端、母ちゃんのこわばっていた顔がクシャクシャになった。

「よかったね〜。よかった、よかった、ほんとうによかった」

泣きながら知也の手を握り締め、何度もそう言った。

知也のことで母ちゃんが泣くのは、小学生のときに近所のスーパーでチョコレートを万引したのが見つかって以来だ。そんなに欲しいなら私の財布からお金を盗りなさいと泣き叫び、激しく困惑した当時の記憶が知也の脳裏にうっすらと蘇った。

数日後、知也は資格学校の祝賀パーティーに出席した。3年ほど前に眺めていたパンフレットに載っていた一流ホテルでの合格祝賀パーティーだ。金のない知也はパーティーのために新しいスーツを買うことができず、10年以上前に買ったDCブランドの、今となっては流行ハズれのカッコ悪いスーツに、まるでサイズの合わないシャツをコーディネートして出席した。

会場は貧乏人知也憧れの名古屋マリオットアソシアホテルである。そんな格好で行きたくなかったが、合格できた嬉しさが自分の恥ずかしい格好を忘れさせた。そのまま2次会、3次会へと突入。あとで写真を見るとワイシャツと首の隙間からアンダーシャツが飛び出した知也が笑っていた。

合格発表から働き始めるまでの数日間は夢をみているかのようだった。左京山のボロ屋の前のアスファルトがふわふわしていた。

久しく会っていない友だちに合格を報告すると、決まって「お前ならやると思っていた」と言われた。始めたときは呆れていたくせに。

「知也、買い物行かなくていいのー」

「行く行く、金貸して」

「あんた倍にして返してもらうからね」

「わかったわかった」

無一文の知也はそれよりはマシな母ちゃんから借金して鞄やスーツを買いに行った。この気分は……とても懐かしい。幼稚園を卒園して小学校に入学するときの感じ。そうか、これから1年生が始まるんだな。

知也は鞄を選びながら、以前八洲男に言われたことを思い出した。

「難しく考えなくても積極的に自分から何かを始めれば、人体はそれに適応しようとするように作られている」

人間は機械とは違う。あるとき、それができなくても、成長システムを動かし続ければいつかはできるようになる。

今日はダメでも明日なら。

エピローグ

ふと時計を見るともう午前3時を過ぎている。

そろそろお開きかなという時、国安さんはラストオーダーでメーカーズマークＶＩＰをロックで注文した。

「先生のお話を聞いていて、一つだけ不思議に思ったことがありまして」

「何です？」

「先生の場合、実は能力があるのにやらなかっただけというよくある話じゃなくて、それなりにやったのに勉強できなくて大学受験も失敗したっちゅーことですよね？　失礼だけど、はっきり言ってしまえば頭が悪かったというか、ははは」

いつもの歯に衣着せぬ国安節が出た。このおっさん、絶対失礼とか思ってないだろうな。

「そうですよ」

「そういう人の話は他にも聞いたことあるし、私の友人にもいたんですが、その先、歳とってもほぼ勉強は苦手なままなんすよ。なのに先生は話を聞く限り、ある時から急に勉強ができるようになってる。いくら勉強のやり方を工夫したとしても正直なところ俄かに信じがたいんですわ。何か画期的なことでもやったんすか？」

「あ〜それ、実は自分でも不思議に思ってましてね。それで、ちょっと前に脳の発達についていろいろ調べたことがあって、そこで運動と脳の関係が研究されていることを知ったんです。運動してから頭を使うと脳が発達しやすいみたいなんですよ。で、そういえば受験生時代よく走っていたなと。それですかね〜」

「え〜ジョギングして頭よくなるなんて聞いたことないな〜。じゃウチの息子も走らせるか。わはははは。あいつ走らねーだろな」

「う〜ん、でもそのくらいしか思い当たらないんですよ。ま、その研究に関する情報はネットで検索するとそこそこ出てくるので、興味あったら見てみてください」

会計を済ませ、重い木の扉を開け外に出ると、街は静まりかえっていた。

「先生、今日はいろいろ話せて楽しかった。ありがとう」

「いえ、こちらこそ大事なことを思い出させていただいたような気がします」

国安さんと別れてタクシーを探していると、通りの反対側にマックを見つけた。始発まであと1時間ちょいなので、そこで待つことにしよう。

コーヒーを飲みながら外をぼんやりと眺める。国安さんに話したことを思い返してみた。それは充実した挑戦の物語だった。そうだよな、あの時はいろいろ大変だったけど、過ぎ去ってみればいい思い出だよな。最近安定しすぎてちょっとマンネリになっちまったな。また、何かやってやるか。


1か月後、助手席に友人の川田を乗せ、北陸自動車道木之本ＩＣから国道8号線を西へとディスカバリーを走らせた。

川田がようやく手に入れたバスボートに乗せてくれるというので、ボートが置いてある琵琶湖までのドライブだ。

トンネルを抜けると、初夏の日差しを浴びて輝くシャンパンゴールドのボンネット越しに大きな湖が姿を現した。

湖岸近くの駐艇場で湖に入るスロープまでボートを牽引するため、トレーラーを車につないだ。

運転を川田に代わり、少し走ると川田は驚きの声を上げた。

「うわ！　かっる～」

「ん？」

「いや、俺ので引っぱるとすげ～重ったるいから。こういう時はでかい車いいね」

「あ、そう、じゃこれ買う？」

「は？」

「実はもうすぐこの車もバイクも売っちゃうんだよ」

「なんで？　いや、ちょっと待て、その台詞だ～いぶ前にも聞いたぞ……そうだ！　突然会計士目指すとか言い出したときだ」

川田は呆れ笑いした。彼が笑うと、釣り焼けで真っ黒な顔に白い歯が浮かび上がって見える。

「で、こんどは何やんの？」

「大したことじゃないよ。東京に転勤しようと思って。ＩＴ系のアドバイザリーやる部署が会計士募集してるから」

「ＩＴ系って知也さ、監査法人に入ったばっかのころ、エクセルなんて便利なものがあるの初めて知ったとか言ってなかったっけ？　そんな人が行ってもいいの？」

「さすがにあのころよりはマシだけどＩＴ系は決して得意ではないな。でも、よく知らない分野だからこそなんか面白いことある気がするんだよ。しかも問い合わせてみたらＩＴの経験なくてもいいって言うし」

「まぁた、そんな適当な。全然向いてなくて、行ったの失敗だったなんてなるんじゃないの〜」

「いいんだよそれでも。知らない世界がだんだんわかってくる過程って楽しいじゃん。仮に失敗だったとしてもいろんなことわかるわけだし、ある意味、失敗は成功と同じくらい面白いと思うんだよね」

　車をスロープに着けながら、川田はふんふんと小さく頷いた。

「その考え方、知也らしい。けど、ド素人が来るわけだから、受け入れるほうはたまったもんじゃないよな」

「知るかよ、そんな条件で募集するほうが悪いんだよ」

「はっははー、たしかに」

湖にボートを下ろし、エンジンをかけてゆっくりと岸から離れていく。ここまでデカいと湖というよりはむしろ海と言ったほうが近い。

他のボートがいなくなったあたりで、川田はスロットルを全開にした。

大きく浮き上がった船首が下がるにつれてスピードを増し、遮るものが何もない水の上を、弾けるように吹っ飛んでいった。

■著者プロフィール
柴田　拓也（しばた　たくや）
1970年生まれ。愛知県出身。現在、大手監査法人に勤務。公認会計士、システム監査技術者、公認情報システム監査人として活躍中。だが、帝京大学卒業後、オートバイ整備士を経て、数年間のフリーター生活を送るという経験をもつ。不安と焦りのなか、公認会計士の存在を知り合格を目指すが1度目は不合格。独自の工夫を駆使し、再挑戦し、2回目で合格という快挙を成し遂げる。

今日はダメでも明日なら

2013年6月25日　初版発行

■著　者　柴田拓也
■発行者　川口　渉
■発行所　株式会社アーク出版
〒162-0843　東京都新宿区市谷田町2-23　第2三幸ビル
TEL.03-5261-4081　FAX.03-5206-1273
ホームページ http://www.ark-gr.co.jp/shuppan/
■印刷・製本所　三美印刷株式会社

ISBN978-4-86059-127-4